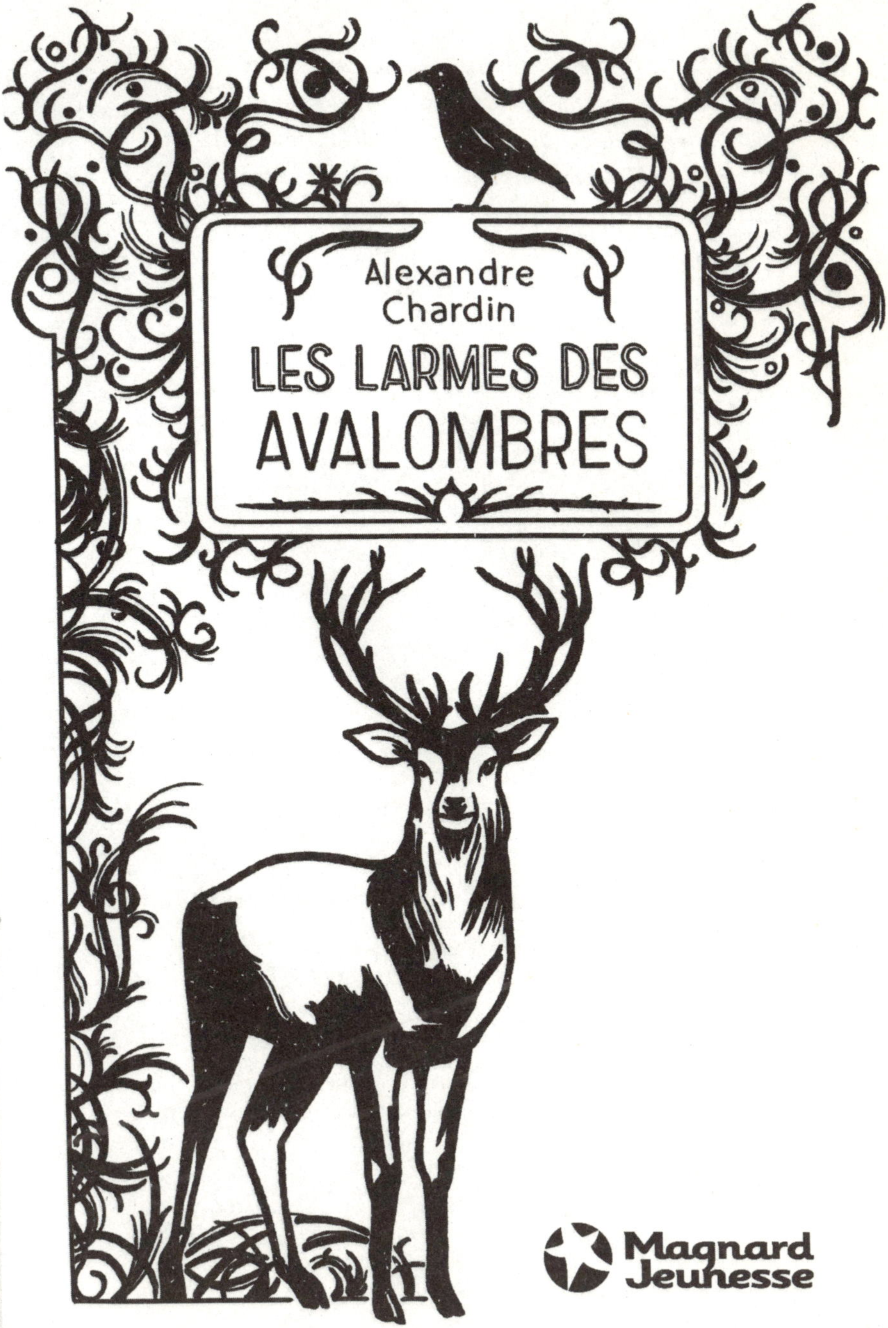

Alexandre Chardin

LES LARMES DES AVALOMBRES

Magnard Jeunesse

Pour Lili (sur un télésiège),
Mino (dans ta cuisine)
et Marie B. (dans une vaste salle de réunion)
qui m'y ont fait croire et n'ont rien lâché.

Illustrations de couverture et intérieures : Régis Lejonc

© 2018, Éditions Magnard Jeunesse
5, allée de la 2e DB – CS 81529 – 75 726 PARIS 15 Cedex

www.magnardjeunesse.fr

Tous droits de reproduction, de traduction et d'adaptation réservés pour tous pays.
Loi n° 49-956 du 16-07-1949 sur les publications destinées à la jeunesse.

ISBN : 978-2-210-96513-3

Un départ dans la nuit

Le ciel commençait à s'éclaircir. Dans le froid de l'aube, le vieil homme fit sortir son cheval de la grange où régnait une chaleur de bête et de foin. Le vent glacé le fit grimacer. Comme un frisson le traversait, il ajusta son épais capuchon. Les yeux humides, il regarda la chaumière qu'éclairaient les premières lueurs bleues. Son esprit circula dans les pièces jusqu'à la chambre de son fils dont il avait vu les longs cheveux émerger des couvertures, quelques minutes plus tôt, avec un mélange de désespoir et de soulagement.

– Nandeau, murmura-t-il.

Il se sentait lâche de ne pas lui dire adieu, mais comment lui expliquer ce qu'il s'apprêtait à accomplir ? Les lèvres de l'enfant auraient tremblé, il aurait insisté. Il aurait fallu refuser, tenir, se fâcher sans doute. Il n'en avait pas la force. Le savoir en sécurité apaisait la douleur d'avoir à le quitter sans lui dire combien il l'aimait.

Il flatta l'encolure de l'animal, regarda droit devant lui et chuchota :

– Allez, Pruniel, mon tout beau, une dernière fois. Courage !

Il passait le coin de la petite chaumière lorsqu'une ombre avança sur le chemin.

Le cheval renâcla et l'homme, tendu, demanda :

– Qui est là ?

– C'est moi, papa.

La voix traversa le corps de l'homme plus profondément que le froid de la nuit.

– Nandeau… Que fais-tu debout ?

L'enfant leva la tête. Le visage pâle, les yeux rougis par le manque de sommeil, il pleurait. Sa voix se fit suppliante :

– Ne pars pas. S'il te plaît. Reste avec moi, j'ai peur !

– Allons, tu n'as rien à craindre. Ici, tu es en sécurité. Noune sait ce qu'il faut faire. Écoute-la, ne lui désobéis pas.

– Mais où vas-tu ? Que fuis-tu, ici ?

Jusqu'à cette aube blême, le père était parvenu à échapper à cette question. Il ne voulait pas mentir alors qu'ils se voyaient pour la dernière fois.

– Laisse-moi partir, mon fils, dit-il doucement.

Le vent leva quelques feuilles. Le père baissa la tête, que son capuchon recouvrit entièrement.

Un départ dans la nuit

Quand la bourrasque fut passée, il tendit la main. Mais son fils le fixa sans faire un geste.

– Promets-moi que tu écouteras Noune et que tu ne te mettras pas en danger.

– Toi, promets-moi que tu reviendras.

Le père soupira et secoua la tête. Il fit avancer son cheval à hauteur de l'enfant qui lui lança sans le regarder :

– Au village, ils disent que tu es fou. Je les crois : tu as les yeux d'un fou. Et tu pars sans rien m'expliquer.

– Je suis désolé, dit-il dans un souffle.

– Alors reste.

– Je n'ai pas le choix, crois-moi, mais je sais que tout ira bien. Occupe-toi bien de la maison pendant mon absence. Tu es assez grand, maintenant, tu sauras. Et n'oublie surtout pas d'ouvrir la grange pour que les animaux puissent s'abriter. Je t'aime, Nandeau. Je t'aime de tout mon cœur.

L'homme donna du talon sur les flancs de l'animal. Il s'éloigna, le dos voûté, la tête basse. Silhouette épuisée, vaincue.

Le vent qui portait le parfum des derniers givres sur les prairies souleva les cheveux corbeau de l'enfant. La rage lui serrait le ventre alors qu'il regardait, impuissant, Gondour s'éloigner.

Que restait-il du puissant père capable de couper une bûche en deux d'un seul coup de hache ? Un vieillard aux yeux fuyants tremblant sur un cheval épuisé : voilà ce qu'il était devenu !

Depuis quelques années, Gondour s'était transformé. Il mangeait toujours moins, buvait des litres d'eau, comme s'il n'en avait jamais assez, comme s'il s'asséchait. Parfois, des tremblements terribles le prenaient. Alors, les lèvres soudain grises, il se tenait le ventre en gémissant. Ses yeux tournaient dans les orbites. Ses joues se creusaient. Quelque chose envahissait cet homme calme et posé. La douleur. La peur. Elles effrayaient l'enfant qui les sentait croître, car il n'en connaissait pas la cause. De plus en plus souvent, le père se cachait de son fils, se terrait avant de reparaître, blême, épuisé, amaigri.

Nandeau aimait le père fort et lumineux qui, autrefois, le mettait d'un grand mouvement sur la belle selle de cuir de Pruniel pour l'accompagner aux coupes de bois. L'enfant passait des heures à l'observer débiter les arbres qui les réchaufferaient pendant l'hiver. Il observait les mains puissantes, infatigables de ce père, la force silencieuse de ses gestes amples. Ses sourires quand Nandeau se précipitait pour lui tendre de l'eau claire.

Mais ce père-ci, l'autre, celui qui portait ce masque de souffrance et de peur, il le craignait, le haïssait. Car du père puissant, rassurant et rayonnant, il ne restait rien.

L'enfant et le renard

Après avoir vu la silhouette de son père disparaître tout au bout du chemin, après avoir longuement tremblé de colère, Nandeau prit le temps de sécher ses larmes. Puis il rentra. Sans un mot, il alla s'installer à table. Le jeune feu allumé par son père brûlait encore dans la cheminée, jetant dans la pièce une lueur chaude. Il eut envie de l'éteindre avec un broc d'eau froide. Mais à quoi bon ?

Il y avait là une table, trois tabourets, un grand coffre, le panier tressé qui avait été son premier lit. Il détourna la tête.

Une petite dame très ronde traversa vivement le silence de la maison. Elle vint s'asseoir à côté de l'enfant dont la tête reposait sur les bras croisés. Sa main s'approcha de ses cheveux et se retira. Dehors, le vent faisait siffler les branches des arbres.

– Il est vraiment parti, dit Nandeau tout bas.

Il avait les yeux fixes. Elle ne répondit pas, mais sa main se posa sur les cheveux du garçon, très doucement.

– Ne lui en veux pas.

Il secoua la tête.

– Les gens du village ont raison : c'est un fou. Un vieux fou !

– Non, Nandeau, ne dis pas ça. Ton père est un homme juste, aimant.

La voix de la femme avait toujours été un baume sur les blessures du garçon. Mais, cette fois, il en fut agacé.

– Il a fui comme un lâche ! Et tu le défends ?

– Je dis simplement que ton père a toute sa tête. C'est un homme courageux, le plus courageux que je connaisse.

– Alors pourquoi ne reste-t-il pas ? Il dit que je ne dois sortir sous aucun prétexte, mais lui se sauve juste avant une nuit de Grand Sang.

– Il ne s'est pas enfui. Ce n'est pas une fuite.

L'enfant leva la tête et chercha une réponse dans les yeux de la femme. Mais elle se contenta de sourire et poursuivit :

– Crois-moi, ton père n'a jamais eu peur de rien.

Nandeau la fixa avec un air de défi.

– De rien, vraiment ? Et que fais-tu de Tourkoul ? Il ne le craint pas, peut-être ? Lui est courageux !

Elle eut un geste de recul et lui lança un regard dur.

L'enfant et le renard

– Que dis-tu là ? Est-ce que tu perds la tête ?

– Moins que mon père en tout cas !

– Nandeau ! Tu ne sais rien de ce scélérat. C'est un…

– Ce que je vois, moi, c'est que les gens du village le respectent.

– Ils le craignent, oui ! Comme tous les chevaliers du royaume, comme le seigneur Galondran lui-même. Et, en effet, s'il faut craindre un homme, c'est bien celui-ci !

Elle prit Nandeau contre elle, le berça et ajouta :

– Fais confiance à ton père.

La femme l'embrassa sur les cheveux et lui mit une couverture de laine sur les épaules.

– Ne crains rien, je nous protégerai, comme je l'ai toujours fait. Il ne nous arrivera rien.

Il se gratta la tête.

– C'est pour lui que j'ai peur.

– Je sais… Il nous faut être forts, Nandeau. Ensemble, nous le serons.

Noune savait retenir ses gestes et ses mots. Il avait confiance en elle. Mais ce matin, il était rage et désespoir.

– Tu devrais retourner te coucher, dit-elle.

– Je n'ai plus sommeil.

Elle sortit de la pièce sans un mot. Laisser Nandeau seul brisait le cœur de Noune, mais il ne servait à rien de rester à le voir souffrir. Il fallait prendre des forces avant la terrible nuit.

Nandeau ouvrit la porte et s'assit sur les marches du perron. Le vent hurlait, déformant jusqu'aux lourdes branches des grands chênes qui ployaient comme des bras géants. L'enfant serra sa cape de grosse laine, en rabattit la capuche et posa sa tête sur ses genoux.

Un renard vint s'asseoir à côté de lui et se lécha la patte.

– Mon père... dit l'enfant. Il est reparti.
– Je sais. Nous nous sommes croisés.

Le renard poursuivit sa toilette avec nonchalance, jetant régulièrement des coups d'œil obliques sur le garçon immobile.

Nandeau lui avait toujours tout dit, tout avoué. Il ne souffrait pas d'être fils unique. Il avait bien côtoyé quelques enfants, mais il était le fils de Gondour le fou. On craignait d'approcher sa chaumière dans le bois. Aussi, Nandeau n'avait-il eu que deux amis, d'une fidélité à toute épreuve : le renard et la forêt. Tous les trois s'entendaient à merveille.

Rubah n'était qu'une boule de poils roux, ivre de jeux et de courses le jour de leur première rencontre. Nandeau marchait à quatre pattes lorsqu'ils s'étaient retrouvés museau contre nez. Gondour et Noune avaient fermé les yeux sur cette étrange amitié. Les renards étaient pourtant considérés comme de rouges démons.

L'enfant et le renard

Pour retrouver Rubah, Nandeau avait fait ses premières fugues. Le renard sautait dans d'épais tapis de feuilles, l'enfant titubait d'un arbre à l'autre sur ses jeunes jambes. Ils avaient découvert la forêt ensemble. Rubah, grâce à son flair, avait gardé l'enfant loin des dangers. La forêt ne les avait jamais perdus. Aux jours chauds, elle leur avait offert ses parfums de résine, l'ombre des basses branches où se balancer, tête en bas. À l'automne, elle s'amusait de les voir sursauter, lorsque le bois craquait sous le gel. L'enfant et le renard avaient peu à peu élargi le cercle de leur territoire, mais l'animal était toujours resté loin du village. Il considérait Nandeau comme un membre de sa famille, un étrange renard bipède.

Derrière les arbres montait une lueur fauve : l'aube approchait.

Le renard attendait, parfaitement immobile, les yeux mi-clos.

– Il m'a abandonné, souffla Nandeau.

– « Abandonné » ! Voilà un bien grand mot.

Nandeau sursauta comme s'il venait d'être piqué.

– Allons, ne me lance pas ce regard, dit le renard, ma pelisse pourrait prendre feu.

– Il a dit qu'il ne reviendrait plus.

– Ah bon ? Quand ça ? Je ne l'ai rien entendu dire de tel…

Nandeau soupira.

– Quoi… ? Tu étais là ?

– Pas loin. Il n'a pas pu te promettre de revenir, ce qui n'est guère rassurant, j'en conviens, mais ça ne veut pas dire que tu ne le reverras pas.

Le renard se lécha la patte.

Nandeau réfléchit.

– Tu penses qu'il faudrait le suivre ?

– Le monde est vaste, nous sommes curieux.

– Mais il m'a toujours interdit de le faire.

– Et tu es un fils très sage, ricana Rubah.

Nandeau se détourna.

– Si ton père n'a plus les yeux sur toi, j'en connais un, en revanche, qui est à l'affût.

L'enfant regarda attentivement son ami dont les yeux noisette fixaient le ciel en train de s'éclaircir.

– Tourkoul te cherche, ajouta-t-il à voix basse. Il veille sur toi comme un de mes congénères sur une jeune et jolie petite poule innocente.

– Il me surveille ?

– Et moi je surveille Tourkoul qui te surveille, répondit le renard avec un petit sourire en coin.

– Pourquoi ?

– Eh bien, parce que je suis ton ami, pardi ! Et Tourkoul est dangereux. Très dangereux.

– Non, je veux dire… Pourquoi me surveille-t-il, *lui* ?

L'enfant et le renard

– Je donnerais cher pour le savoir.

Le soleil montait doucement, caché par de hauts sapins que de puissantes rafales malmenaient. Une langue de feuilles se dispersa soudain dans une douce pluie silencieuse.

Nandeau pensa à son père sur son cheval. Si seul ! Il était trop loin maintenant pour qu'il le rattrape et lui dise qu'il l'aimait, qu'il l'attendrait.

– Dangereux ou pas, il n'a qu'à venir. Je n'ai pas peur de lui, moi !

Le renard soupira profondément. Il posa ses grands yeux mélancoliques sur Nandeau.

– Mon ami. Tu as la jeunesse délicieusement naïve de ceux qui croient que le pire est derrière eux. Mais Tourkoul est un loup, tu es un agneau.

Nandeau se renfrogna.

– Une oie blanche, si tu préfères. Ne te vexe pas, je ne te mettrai jamais assez en garde contre lui. Car lui a l'expérience. Personne ne lui a jamais résisté. Même les loups le fuient.

Un frisson glaça Nandeau.

Le renard posa une patte sur sa main.

– C'est bien, mon enfant, la peur te saisit : tu commences à être raisonnable.

– Que dois-je faire si un jour je me retrouve face à Tourkoul ?

Le renard contempla un long moment le soleil aveugler la terre. Nandeau avait appris à laisser le temps à son ami. Rubah ne parlait jamais pour rien. Les yeux clos, il finit par répondre :

– Surtout, tiens ta langue.

Fatiguer le corps

Les jours qui suivirent, Noune ne laissa pas Nandeau s'apitoyer sur son sort. Elle connaissait parfaitement l'enfant : il fallait fatiguer son corps pour éviter à l'esprit de se morfondre. Elle ne lui laissa pas une minute de répit.

L'attente d'une nuit de Grand Sang était insupportable, mais elle en avait pris l'habitude. Elle s'y préparait. Elle se figeait régulièrement pendant la journée, levant la tête, attentive, les yeux inquiets, avant de reprendre ce qu'elle était en train de faire.

Nandeau alla chercher le bois que son père avait entassé dans un lieu éloigné. Sans jamais s'arrêter, il fit des allers-retours avec la charrette basse qu'il fallut dégager des ornières à de nombreuses reprises. Rubah l'accompagnait, faisant quelques cabrioles lorsque Nandeau, comme un automate, jetait une branche trop près de ses pattes.

Ni l'enfant ni le renard ne se parlèrent pendant tout ce temps. Le renard dressait parfois son museau, Nandeau, alors, l'observait, comme au sortir d'un profond sommeil. Mais le renard lui souriait comme pour dire : « Tout va bien. »

Nandeau eut des ampoules aux mains. Elles s'ouvrirent, Rubah les soigna avec des lichens et des champignons.

Alors, Noune trouva autre chose. Il fallut retourner la terre du potager, planter des piquets pour empêcher biches et cerfs de se régaler des jeunes pousses à venir. Elle l'envoya à la rivière chercher des truites. Il passa deux journées à s'aveugler dans les reflets coupants du soleil, les bras dans l'eau glacée. Rubah eut droit à une truite, qu'il dévora avec application.

Puis, Nandeau passa le balai dans la chaumière, lava les murs, enroula les toiles d'araignées du plafond à un bâton et remplaça les trois barreaux qui manquaient à l'échelle du fenil.

Il coupa les pousses des ronces et faucha les orties devant la maison. Noune l'arrêta lorsqu'il se mit à débroussailler le chemin qui menait à l'entrée.

Épuisé, vidé comme une bête de somme, il s'endormit, sa soupe à peine achevée, la tête sur la table.

Noune le guettait, le surveillait, elle-même très affairée. L'enfant gardait le regard fixé sur ce qu'il avait à

Fatiguer le corps

faire, vers le lieu où il devait se rendre. Il voulait oublier pourquoi ses mains tremblaient, oublier ce qui lui faisait murmurer des débuts de prières, les yeux brillants de peur.

Une nuit, Nandeau fut éveillé par son propre cri. Les draps mouillés d'une sueur âcre, il s'assit dans son lit, nauséeux, essoufflé, et but de longs traits au broc. Il en renversa une partie sur les draps.

Noune, une bougie à la main, entra sans frapper.

– Ça va ? demanda-t-elle, la respiration précipitée.

Nandeau la fixait comme s'il ne la connaissait pas. Elle s'assit et lui prit la main. Des pans de rêve voilaient encore les yeux de l'enfant d'une terreur immense. Il tourna lentement la tête vers Noune.

– Un cauchemar ? lui demanda-t-elle.

Il hocha la tête.

Pourtant il n'était pas sorti de son rêve. Il entendait encore le galop des chevaux, les cris de terreur des gens qui couraient au hasard. Certains tombaient, aussitôt écrasés par les sabots. Bruit humide du sang mélangé à la boue. Une femme lui tendait une main d'une transparence laiteuse, qu'il ne parvenait pas à saisir. Puis un chevalier frappa et Nandeau tomba dans une boue noire et gluante. Il rampa jusqu'à un trou, dans lequel il s'enfonça en gémissant. Les cris tournaient autour de lui, comme des oiseaux prédateurs. Il se boucha les oreilles et voulut fermer les yeux, mais quelqu'un le regardait fixement, amusé. Une main se posa sur sa bouche. « Tout va bien, mon garçon, je veille sur toi. »

– Nandeau !

Noune serrait la main de l'enfant, qui s'éveilla complètement.

Les yeux apeurés, il prit une profonde inspiration et demanda :

– Quand viendront-ils, ces satanés chevaliers ? Quand aura-t-elle lieu, cette nuit de Grand Sang ?

Elle le prit contre elle et répondit tout bas :

– La nuit prochaine. Mais ne t'inquiète pas, ils ne pourront pas entrer, tout est prêt.

Il serra les lèvres. Ses yeux s'embuèrent de larmes de colère.

– Pourquoi doit-on se cacher ? Pourquoi faut-il se protéger ?

– Parce qu'ils nous tueraient. Il faut s'abriter et attendre que la nuit se termine. Ne pense à rien d'autre. Ton père te l'a dit.

– J'en ai assez ! Et si je voulais sortir, moi, si je voulais les affronter ?

Elle soupira et dit plus doucement :

– Ne me rends pas la tâche plus lourde. Les choses sont simples. Tous ceux qui se risquent dehors les nuits de Grand Sang s'exposent à une mort certaine.

Fatiguer le corps

– Pourquoi ne pas se battre ?
– Parce qu'ils tuent ! Nul ne peut les arrêter ! Ils sont armés, puissants et fous. Cesse de chercher ce que tu pourrais faire d'autre que te cacher et prier.

Elle se leva, mains et lèvres tremblantes.

– Ton père m'a demandé de prendre soin de toi. Il a tout prévu pour que nous soyons en sécurité.

Avant de fermer la porte, elle ajouta d'une voix blanche :

– Si je dois t'enchaîner à ton lit et t'assommer pour t'éviter de te mettre en danger, je le ferai sans hésitation.

Il se rallongea sous les couvertures.

Alors qu'il s'endormait, il entendit à nouveau la voix de son rêve. Sifflante, métallique, menaçante :

« Tout va bien, mon garçon, je veille sur toi. »

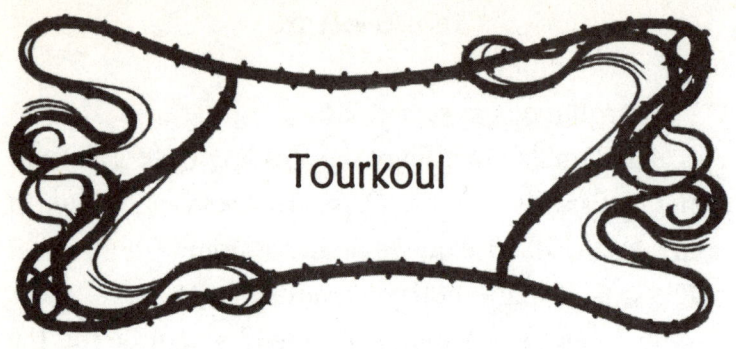

Tourkoul

Le lendemain, Nandeau sortit dans l'aube bleutée pour chasser sa colère et ses doutes. Il entra dans la forêt, fouetta les fougères avec une branche et lança des pierres au hasard dans les buissons. La forêt semblait vide. Même Rubah ne se montra pas.

Ses pas le menèrent vers une petite clairière au milieu de laquelle se trouvait un puits naturel, parfaitement circulaire, où affleurait une eau d'un bleu profond. Il aimait cet endroit. C'était un écrin de calme.

Nandeau s'assit sur une mousse dense et lumineuse. Il se déchaussa et trempa ses pieds dans l'eau tiède. La colère, la peur, la tristesse et les images de la nuit s'évanouirent aussitôt. Il sourit. L'eau l'apaisa comme elle l'avait toujours fait.

Nandeau ne comprenait pas la réticence de Rubah à tremper une patte dans cette source délicieuse qui gardait, en toute saison, la même température.

Tourkoul

Il battit lentement des pieds et profita de la torpeur qui montait dans son corps fatigué par les travaux. Le temps s'envola.

Soudain, il sursauta. Ses yeux s'ouvrirent. Quelqu'un était assis à côté de lui. Les cheveux noirs lissés en arrière, les doigts détruisant minutieusement une fleur jaune, le petit homme rond à l'œil bleu regardait Nandeau par-dessous, avec un sourire amusé.

L'enfant ne respirait plus. Les yeux qui le fixaient étaient ceux de son rêve.

– Tu pensais à moi, dit le visiteur d'une voix aigre et grinçante. C'est gentil.

– Je ne sais pas de quoi vous parlez, monsieur.

L'homme secoua la tête sans perdre son sourire.

– Tu mens mal.

Puis il se frotta les mains, visiblement amusé.

– Ton père est parti. Tu es triste et furieux contre lui et tu veux profiter des quelques heures qu'il te reste avant le Grand Sang, d'où ta venue en ce lieu de quiétude. Par ailleurs, sans doute Noune t'a-t-elle enjoint, très injustement, de ne pas m'adresser la parole si tu me croisais ?

– Mon père aussi m'a dit de ne jamais discuter avec vous.

Nandeau retira les pieds de l'eau et enfila ses souliers.

– Ne fuis pas, Nandeau, je ne suis pas là par hasard. Il y a si longtemps que j'attends ce moment. Tu as l'âge de faire des choix importants. Nous devons parler.

– Je vous l'ai dit, mon père...

– ... me déteste et ne voudrait pas que tu me parles, coupa l'homme en se dandinant un peu sur son séant. Bien sûr, bien sûr, c'est entendu, mais il s'agit de toi, Nandeau, un jeune homme qui devra, un jour ou l'autre, lâcher la main de son papa.

Il ajouta sur un ton chantant :

– À moins que ce ne soit l'inverse et qu'il ne t'ait déjà abandonné.

Nandeau se détourna pour cacher la rougeur de colère montée à ses joues.

– Je ne veux pas parler avec vous, siffla-t-il.

– Mais moi, je dois te dire quelque chose. Alors, tu vas m'écouter.

Le ton était tranchant. Nandeau ramena ses genoux sous son menton.

– M'écoutes-tu ? demanda l'homme d'un ton faussement doux.

Nandeau acquiesça.

Tourkoul écarta les bras et dit d'un ton théâtral :

– C'est bien, tu es un garçon fort raisonnable.

Il marqua un temps, puis poursuivit :

– À ton âge, on est curieux de tout connaître, tout voir. N'est-ce pas ?

Le doigt épais qui toucha Nandeau à la tempe le fit tressaillir.

– Même ce que la vie a de plus terrifiant.

Nandeau ne put éviter de tourner ses yeux vers le petit homme au regard mauvais.

– Comment pourrais-tu, cette année encore, résister au désir de découvrir ce que les autres fuient en fermant leurs portes et leurs volets ?

Il attendit. Nandeau ne respirait plus.

– Une nuit de Grand Sang…

Il sifflota un moment avant de poursuivre :

– Vois-tu, mon petit, il faut avoir vu cela une fois dans sa vie. C'est un spectacle inoubliable, fascinant.

Nandeau frissonna sous la main qui venait de se poser sur son épaule. Il se sentit aussitôt sali.

– Aurais-tu peur ?

Le garçon se détourna.

– Oui, bien sûr, tel père…

– Taisez-vous ! Mon père n'a peur de rien !

Un grincement métallique sortit de la bouche de Tourkoul : il riait.

– Bien sûr, bien sûr, il a juste choisi de partir visiter le monde, quelques jours avant cette délicieuse nuit. Quelle coïncidence, n'est-ce pas ?

Nandeau se leva, mais la voix de Tourkoul claqua comme un marteau sur une lame :

— Assieds-toi. Je n'ai pas fini.

Nandeau dévisagea l'homme, dont les yeux menaçants contredisaient le grand sourire.

— Allons, ne sois pas si impatient de me quitter.

Nandeau s'assit.

— Cette nuit, tu ne dormiras pas dans ton lit. Tu seras dehors et tu verras ce que seuls les morts ont vu.

Un doigt tapota le genou du garçon qui retira sa jambe comme si on l'avait brûlé.

— Mais toi, tu ne mourras pas, dit-il, sais-tu pourquoi ?

Nandeau se retenait de toutes ses forces. Sa tête ne devait pas bouger. Sa bouche ne devait pas répondre. Il pensa à Rubah et parvint à se taire.

— Parce que je serai là pour te protéger, mon enfant. Je ne t'abandonnerai pas, moi.

— Je ne viendrai pas, siffla Nandeau.

Les mains de Tourkoul dansèrent devant lui.

— Pas de ça avec moi, veux-tu ? Bien sûr que si. Ou je viendrai te chercher.

Il ajouta d'un ton sec :

— Mais laisse ton sale petit démon roux en dehors de notre affaire. Ou je le saigne.

Il caressa la surface de l'eau bleue avec une herbe longue. L'eau trembla.

Tourkoul

– Allons, ne fais pas cette tête. Prends les choses du bon côté. Tu vas assister à un évènement grandiose, sans prendre le moindre risque. Et tu t'en retourneras chez toi avec des images inoubliables.

D'un bond, Tourkoul fut debout.

– Alors, c'est entendu ? Nous irons au spectacle ensemble, ce soir. Je me réjouis !

– Où est-ce ? demanda Nandeau malgré lui.

L'homme ricana et fit danser ses mains en l'air d'une manière grotesque.

– Ici ? Là ? Qui sait ?

Ses yeux roulèrent et brillèrent d'amusement.

– N'aie crainte, il ne t'arrivera rien. Profite de l'eau chaude de ce puits avant de retourner dans les bras de Noune.

Nandeau se sentait saisi, piégé dans sa voix comme dans une toile d'araignée collante et sucrée. Il frappa la terre de son poing.

La mine hilare de Tourkoul le fit rougir de rage.

– Allons, ne perds pas ta belle énergie à me haïr, nous avons mieux à faire ensemble. De grandes choses !

Son regard s'intensifia. Ses yeux saisirent ceux de l'enfant, s'y enfoncèrent, les creusèrent. Il chuchota :

– L'Avalombre nous attend, Nandeau. Ne me dis pas que tu n'y penses pas ?

Nandeau jeta un regard perplexe à Tourkoul. Que savait ce dernier des Avalombres ?

Les larmes des Avalombres

Le garçon baissa rapidement la tête.

– Ne sois pas en retard, cette nuit, dit Tourkoul d'une voix de miel. Ne me déçois pas. Ne me déçois jamais.

Tourkoul tapota l'épaule de Nandeau et s'éloigna en sifflotant. Il disparut derrière les futaies.

Nandeau eut la sensation d'avoir retenu sa respiration jusqu'à cet instant.

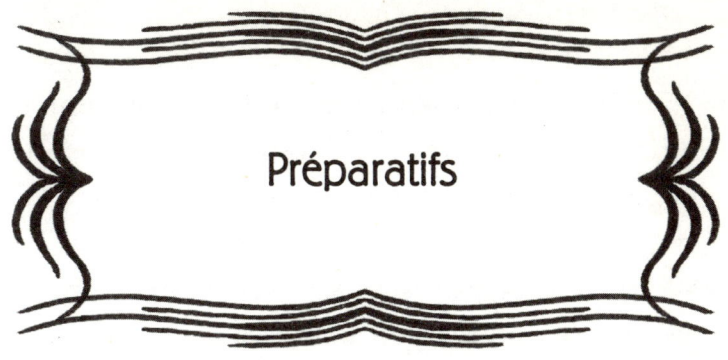

Préparatifs

Nandeau était pétrifié. Les paroles de Tourkoul résonnaient en lui, toujours plus profondément.

Les Avalombres… Des phrases entendues au village, de la bouche des anciens, lui revinrent en mémoire. Ils convoquaient avec prudence le souvenir de ces « géants silencieux » disparus depuis des années, ces « êtres pacifiques », « plus hauts que le plus haut des arbres ».

L'enfant revoyait les vieux arbres-idoles sur lesquels d'étranges signes avaient été tracés par des villageois. Un A et un V superposés, gravés dans l'écorce.

– Le signe des Avalombres, avait dit son père en posant la paume au milieu du symbole à moitié mangé par les lichens et les mousses.

Il avait ajouté tout bas :

– Faites qu'ils nous protègent.

Les yeux dans le vide, bras ballants, Nandeau ne remarqua pas le renard qui avait surgi de derrière les broussailles et s'était posté à côté de lui.

— Bravo, lui dit Rubah. Tu lui as bien résisté.

— Arrête, lui rétorqua-t-il. Je n'ai pas envie de rire.

Le renard le regarda d'un air offusqué.

— Je ne me moque absolument pas. Tu as tenu tête à Tourkoul d'une manière remarquable.

Nandeau était au bord des larmes.

— Que dois-je faire ? demanda le garçon d'une voix brisée. Noune m'a toujours interdit de sortir une nuit de Grand Sang. Chaque année, il y a des morts.

Nandeau baissa la tête.

— Comment peux-tu hésiter ? Animaux et humains savent que nul ne doit être dehors par une nuit pareille. Tu dois rester auprès de Noune. Point.

Noune. Bien entendu, il avait pensé à elle. Ce ne serait pas à lui que Tourkoul s'attaquerait en cas de refus, mais à celle qu'il considérait depuis longtemps comme sa mère.

Après un long silence, Nandeau dit avec fermeté :

— Je sais me défendre. Même les loups et les ours ne me font rien. Certains viennent même se cacher dans la grange, juste devant la maison. Jamais je n'ai eu peur.

— Des ours, des loups, dit le renard avec une pointe d'agacement. Nandeau, nous parlons de Tourkoul ! Autant comparer buses et musaraignes.

Préparatifs

Puis il dévisagea son ami.

— Ne fais jamais confiance à Tourkoul. Jamais ! Reste au fond de ton lit la nuit prochaine, et réveille-toi quand tout sera fini.

Nandeau soupira profondément.

— Et toi, te cacheras-tu ?

— Oh, moi, vois-tu, je suis un renard, un démon, un diable roux, un fou, une vermine dont on ne se débarrasse pas facilement. Et puis, on me voit à peine.

Nandeau résista à l'envie de prendre son ami dans les bras, car le renard détestait tout geste d'affection. Il n'était pas un animal domestique.

Le renard lisait à cœur ouvert dans les yeux du garçon qui tenta d'une voix faussement légère :

— As-tu déjà assisté à une de ces nuits ?

— Oui. Et c'est un terrifiant spectacle.

Il s'éloigna et dit encore avant d'entrer dans un bosquet :

— Si je te vois dehors cette nuit, gare à toi. Mes crocs sont bien acérés, je t'avertis !

Nandeau revint chez lui lentement, bien décidé à ne pas écouter Rubah. Cent questions le tourmentaient, comme le ferait un essaim de guêpes. Que verrait-il, la nuit venue ? Où trouverait-il Tourkoul ? Comment ce dernier pourrait-il le protéger ? Pourquoi le ferait-il ? Et, d'abord : comment sortirait-il de la maison sans que Noune s'en aperçoive ?

L'anxiété n'était pas le seul sentiment qui agitait son cœur. Il se détestait de donner raison à Tourkoul, mais c'était ainsi : il était impatient de voir ce que nul avant lui n'avait vu sans mourir. Il s'en voulait surtout de ne pas réussir à écouter les conseils de son ami. La curiosité était la plus forte. Rubah le savait bien : il le connaissait par cœur.

Le visage de son père apparut soudain dans les feuilles d'un roncier. Ce n'était qu'une illusion, mais elle le remplit de mélancolie et de culpabilité. Il n'avait plus pensé à lui depuis longtemps. N'avait parlé de lui que comme un lâche, tous ces derniers jours.

Il avait conversé avec l'être que son père haïssait le plus au monde, et s'apprêtait maintenant à lui désobéir, à tromper Noune et Rubah.

Son visage se ferma. Il serra les poings. Pourquoi Gondour les avait-il laissés livrés à eux-mêmes, Noune et lui ? C'était un peu facile de prévenir, d'interdire, et puis de quitter la maison juste avant la terrible nuit, sans même donner la moindre explication ! Nandeau accéléra le pas.

Son père était parti seul au loin, Noune serait seule cette nuit, et lui-même irait affronter son destin, seul. Tourkoul avait raison : il était temps de faire des choix. Il n'était plus un enfant.

Une profonde tristesse l'envahit. Il espéra que Noune avait préparé à manger : il lui fallait des forces pour affronter la nuit.

Le grand silence

Noune pelait des pommes sur le perron. Elle faisait un vœu à chaque fois qu'elle parvenait à mettre à nu le fruit sans briser le fin serpentin de peau rouge.

Dès qu'elle vit Nandeau, elle se leva et se contint de le sermonner.

– Diable, que tu es pâle ! dit-elle.

Il ne répondit rien.

– As-tu bien ouvert la grange, pour les animaux ? poursuivit-elle.

– Oui.

– C'est bien. Maintenant, il faut tout préparer. Va chercher les longs clous dans la remise, ainsi que le marteau, pendant que je nous fais une compote avec du miel.

Il la prit dans ses bras et elle eut un hoquet de surprise. Puis elle serra l'enfant en retour et lui frotta doucement la tête en lui murmurant :

– N'aie pas peur, les chevaliers ne viennent pas toujours chez nous, ils restent parfois aux alentours du village. Et les planches de chêne qu'a taillées ton père tiennent depuis des années. Nulle arme, même les leurs, n'est jamais parvenue à les briser. Nous sommes en sécurité, ici.

Elle se dégagea et le maintint au bout de ses bras tendus.

– Pourquoi pleures-tu ?

Il essuya ses yeux.

– Pour rien, ça va.

– Et, d'ailleurs, où étais-tu ?

– Dans la forêt, avec Rubah, pourquoi ?

Elle sourit en secouant la tête.

– S'il n'était pas ton ami depuis tes premiers pas, je t'aurais interdit de fréquenter cette bête.

– Ça n'est pas une bête, c'est Rubah.

Noune avait toujours été partagée entre la tendresse et la répulsion, à voir son petit jouer avec un renard. Leur réputation était mauvaise. On les disait voleurs, fourbes et rusés. Mais Rubah n'avait jamais fait de mauvais coups, jamais volé de poules ni fait de mal à Nandeau. Au contraire, lorsqu'ils étaient tous les deux dans les bois, Noune se sentait rassurée. Elle les avait suivis plus d'une fois pour savoir ce qu'ils faisaient. Elle avait été stupéfaite de voir l'animal montrer à l'enfant les baies

Le grand silence

qu'il pouvait manger. Le renard mordait tendrement la main de Nandeau lorsqu'il cherchait à prendre un fruit ou un champignon non comestible.

Et puis, aurait-elle pu défendre à Nandeau de voir son seul ami ? Un ami fidèle, dévoué et discret. Pas comme les enfants crotteux, bruyants et insolents du village, qui la dévisageaient avec des regards mauvais en crachant devant ses pieds, parce qu'elle vivait dans la maison de Gondour le fou.

— Rubah restera lui aussi à l'abri, ne t'en fais pas pour lui. Il faudra bien penser à fermer la porte de la grange avant d'aller nous coucher.

Il la fixa un long moment, tenté de tout lui révéler. Elle lui défendrait de sortir, l'enfermerait dans sa chambre et ça ne serait pas désobéir à Tourkoul. Le lendemain, tout serait fini. Il ferait jour. Il y aurait bien quelques taches rouges sur les feuilles, des traces de panique dans le bois, mais il n'aurait rien vu, rien entendu.

Il savait pourtant que Tourkoul n'écouterait pas ses pauvres excuses, alors.

Son esprit se remit donc en quête d'une issue. Comment sortir de la maison sans alerter Noune ? Soudain, comme un oiseau s'extrait d'un entrelacement de branches serrées et se retrouve avec bonheur à l'air libre, il trouva la solution et sourit.

Noune prit son visage entre ses mains potelées.

— Ah ! je retrouve enfin mon petit garçon joyeux. Allons, va chercher des clous et finissons de nous barricader avant la nuit.

Elle rentra. Nandeau, une fois dans la remise, jeta une poignée de longs clous dans une caisse en bois, ajouta le marteau et, avant de rentrer, souleva la trappe qui menait à la cave. Le plafond y était bas, la température, constante. Il y avait quelques années, on y accrochait les jambons secs. Une autre trappe, plus petite, se trouvait dans un coin de la cuisine, sous un tapis de joncs. Elle aussi conduisait vers la cave.

Noune et l'enfant passèrent l'heure suivante à clouer de longues planches brutes en travers des fenêtres. Noune ne cessait de tourner la tête, les yeux inquiets. Lorsque les trois fenêtres de la maison furent barricadées, Nandeau s'assit sur le perron.

Deux biches dont les yeux roulaient de frayeur sortirent des taillis et passèrent la porte de la grange en les regardant à peine. Trois autres suivirent, bouche ouverte, oreilles dressées.

— Il vaut mieux rentrer, maintenant, dit Noune.

— C'est le crépuscule. Rien n'arrivera avant la nuit noire.

Elle soupira et entra sans fermer la porte. Elle resta immobile au milieu de la pièce, les yeux rivés sur Nandeau.

Le grand silence

Pourquoi cette sensation particulière dans sa poitrine, soudain ? Pourquoi cette désagréable impression de vide ? Il entendait battre son cœur. Il retint sa respiration et comprit : il n'y avait plus aucun bruit. Les arbres eux-mêmes semblaient écouter le silence et ce qui s'y préparait, dans la pénombre grandissante.

Noune lui demanda de rentrer, vite, quand soudain les vannes du ciel s'ouvrirent et un liquide noir se mit à couler sur tout, étouffant le moindre craquement, recouvrant les végétaux, pétrifiant les animaux. Nandeau frissonna. Il eut le sentiment qu'ils étaient les derniers êtres vivants sur Terre.

Pourtant, s'il devait un jour n'en rester qu'un, ce serait Tourkoul.

Ses lèvres se serrèrent, ses yeux devinrent froids et durs. Il faudrait survivre à cette nuit, résister à Tourkoul et aux créatures hurlantes qui traverseraient la forêt en quête de vies à prendre. Le cri d'un merle dans les fourrés le fit sursauter.

Nandeau ne bougeait plus. Un puissant cerf aux larges bois lui faisait face. Il leva le museau, sentit et tourna la tête de côté pour mieux voir l'enfant de ses grands yeux noirs. Puis, d'un pas lent et digne, il rejoignit les autres animaux à l'intérieur de la grange, car le lieu avait toujours été un refuge.

Nandeau respira profondément, puis referma la porte de la grange et rentra dans la maison.

Noune ferma la porte à double tour, mit la clé dans la poche de son tablier et annonça d'un ton faussement jovial :

– Ce soir, repas de fête ! Une tourte avec de la salade toute fraîche !

Nandeau se força à sourire, mais ses yeux se posèrent un instant sur le tapis dans le coin de la cuisine.

– Je meurs de faim, dit-il.

Au cours du repas, chacun se forçait à lancer une phrase ou deux, qui toujours retombaient dans le silence. Ils ne pouvaient s'empêcher d'écouter, guettant des pas, un cri, un craquement. Plusieurs fois, Noune se figea, les yeux agrandis par la peur, le visage très pâle dans la lueur des trois bougies. Puis elle regardait Nandeau et reprenait vie, sans rien dire. Il crut entendre des mouvements dans les taillis, des cavalcades discrètes le long des murs, des appels de bêtes affolées.

Une poutre craqua, arrachant un cri à Noune.

– As-tu bien fermé la grange ? demanda-t-elle.

– Oui.

Puis il reprit, comme affolé :

– Et papa, se peut-il qu'il soit encore dans la forêt ?

– Il est l'abri, ne t'en fais pas. À plusieurs jours de marche. Il reste de la tourte, en veux-tu ?

Tous les deux regardèrent le morceau à peine entamé dans l'assiette du garçon.

Le grand silence

— Tu n'as pas faim, finalement, constata-t-elle.
— Pas tellement... Mais toi non plus ?
Elle fit non de la tête, avec un petit sourire.
— On fera un bon déjeuner demain.
Il aurait aimé se réjouir, mais le jour s'était éteint. Pour l'éternité ?
Nandeau se leva.
— Je vais me coucher. Et toi ?
— Je reste encore un moment.
Il l'embrassa sans oser la regarder dans les yeux de peur qu'elle n'y lise sa trahison.
Il se coucha tout habillé, la tête tournée vers la petite fenêtre. Une étoile clignotait entre deux planches épaisses. Il croisa les bras derrière la tête et attendit.
Il entendit Noune laver les assiettes dans le baquet, les essuyer, soupirer, ranger les tabourets, tourner en rond, poser des cartes à jouer sur une table, les tourner, les retourner encore. Une réussite, se dit-il. Il imagina la grande immobilité des animaux dans la grange.
Il voulut reconstituer en pensée les détails du visage de son père, mais ne vit que la capuche enfermant l'obscurité. Comment pouvait-il oublier ces traits qu'il connaissait si parfaitement, qu'il avait tant et tant regardés, certaines nuits, pour se rassurer quand il s'éveillait en sueur, remué jusqu'au cœur par le manque de sa mère dont il n'avait pourtant aucun souvenir ?

Il parvint à voir les paumes, larges, crevassées, lourdes et belles de Gondour quand elles prenaient de l'eau en coupe pour Nandeau.

Une main se posa sur sa bouche. Il bondit, le cœur battant à tout rompre.

Personne. Il s'était endormi. Il tendit l'oreille. Rien. Alors il se leva, ouvrit sa porte en retenant la clenche et entra sur la pointe des pieds dans la salle. De fins rubans gris dansaient au bout des flammes clignotantes des bougies. Assise sur son lit, le dos contre la cloison, la tête penchée sur l'épaule, Noune respirait profondément.

Il traversa la pièce, en choisissant les planches qui ne grinçaient pas. Depuis son plus jeune âge, il s'était amusé à jouer des bruits de ces longues lattes de bois. Polies par le temps, souvent arquées ou fendues, chacune émettait un son différent. C'était un alphabet de bois. Gondour changeait parfois une planche qui, en moins d'une année, prenait la teinte sombre et le poli de celles qui l'entouraient. Mais il fallait longtemps avant qu'elle ne trouve sa sonorité propre.

Noune redressa la tête en gémissant, mais n'ouvrit pas les yeux. Nandeau, accroupi, attendit qu'elle émette un long soupir avant de soulever le tapis. La trappe se décrocha avec un petit claquement. Noune cessa un instant de respirer. Nandeau attendit, puis ouvrit la trappe en grand, soulagé que Noune n'ait pas pensé à la condamner. La nuit, le froid et la peur le happèrent aussitôt.

Il s'assit au bord du trou, se laissa glisser jusqu'à ce que ses pieds touchent la terre et rabattit la trappe sur lui. Il fila à quatre pattes vers la sortie, pressé de se débarrasser de la sensation d'être dans une tombe. Ses gestes se firent maladroits, son crâne heurta le mur. Il chercha l'ouverture : elle avait disparu. Il savait pourtant bien qu'elle était à quelques centimètres de sa main, qu'il allait la trouver d'un moment à l'autre, mais son sang brûlait, sa bouche voulait crier. Il serra les dents. L'obscurité était totale.

Enfin, il trouva la sortie, mais un bruit le pétrifia. Quelqu'un, ou quelque chose venait de passer devant la maison. Il avança à quatre pattes jusqu'à la porte de la remise et ouvrit, centimètre par centimètre, une longue entaille bleutée.

Il referma derrière lui.

Il était seul.

La nuit de Grand Sang

La clarté blême de la lune lui fit du bien. Il resta à attendre un nouveau mouvement, mais il n'entendit rien. Alors son cœur se serra. Il devait fuir loin de Noune, vite, avant qu'elle se réveille.

Il l'imagina fouillant toute la maison, dévorée par la peur, se retenant d'appeler, de crier, jusqu'à ce que son cœur lui fasse mal quand elle verrait le tapis repoussé. Elle mettrait les mains sur son visage.

Il espéra avoir l'occasion de se faire gronder.

Cassé en deux, il courut jusqu'aux premiers taillis et s'enfonça rapidement entre les cépées de noisetiers. Il s'arrêta dans le fossé bordant le chemin du village et écouta encore.

La nuit guettait la vie pour la réduire au silence. La forêt retenait son souffle.

Pour la première fois de sa vie, Nandeau craignait de rencontrer Rubah. L'enfant avait aimé jouer à cache-cache avec lui jusqu'à ce qu'il comprenne que l'animal pouvait de toute façon le sentir à une demi-journée de distance. Mais cette nuit, l'enjeu n'était pas le même. Il ne s'agissait plus de faire peur à l'autre en s'approchant dans son dos avant de le surprendre. S'il ne fallait pas être découvert, c'était pour ne pas mourir.

Il marcha au hasard, en essayant de rendre ses pas aussi légers que ceux des loups. Il ne savait pas à qui il aurait affaire, qui le traquerait. Il tendit le cou. Une silhouette, trop rapide pour qu'il puisse l'identifier, traversa le chemin en deux bonds. Immédiatement, une horde d'une dizaine d'animaux surgit. Des biches, affolées, glissèrent sur le chemin, se bousculant, les yeux blancs dans la lumière blafarde. Nandeau attendit un moment. Les loups suivraient bientôt.

Un froissement de feuilles, derrière lui, le glaça et il se retourna lentement. Une ombre apparut. Il se baissa en catastrophe et le vent de l'animal, son odeur le frôlèrent. Nandeau roula sur le côté et se releva aussitôt. Des bruissements venaient de tous côtés, mais les fourrés étaient trop denses pour laisser voir ce qui s'approchait. Un souffle passa, comme des halètements paniqués, puis quelque chose fonça sur lui. Il se protégea avec les bras, mais l'animal le percuta si fort qu'il fit plusieurs roulades dans les feuilles mortes. Il se redressa sonné, l'épaule engourdie. Une forme se relevait devant lui. De la main, il chercha un bâton. Deux grands yeux noirs le transpercèrent et Nandeau repéra le pelage de nuit. C'était un loup. Nandeau ne trouva rien pour se protéger. Le loup secoua la tête.

– Que fais-tu là ? demanda l'animal essoufflé, d'une voix grave.

– Je… je ne sais pas…

– Rentre chez toi, fils de Gondour, ils arrivent. Quand tu les verras, il sera trop tard. Fuis.

Le loup approcha sa gueule si près du visage de l'enfant qu'il sentit son haleine lourde.

– Fuis, Nandeau, ils veulent du sang. Le tien leur conviendra autant que le mien.

L'animal bondit au-dessus du garçon et disparut sans un bruit.

Nandeau le savait, le sentait, sa peur l'avait déjà prévenu. Il avait beau observer les arbres, chercher des repères, il était perdu. Il avança à quatre pattes jusqu'au tronc d'un grand hêtre et ferma les yeux. Il connaissait cet arbre ! Il posa la main sur l'écorce et y reconnut la forme étrange qui y était gravée. Le V superposé au A.

– Protégez-moi, murmura-t-il en y posant son front.

La douleur dans son épaule l'empêchait de tenir une pensée, de se repérer dans cette forêt qu'il connaissait pourtant par cœur. De rage, il frappa ses tempes plusieurs fois en gémissant.

La nuit de Grand Sang

Tant pis, il ne devait pas rester sur place. Des oiseaux filèrent au ras de sa tête, chouettes ou buses. Il choisit une direction et courut sur le tapis bruissant. Un cerf s'arrêta devant lui, bouche ouverte. Ses yeux exorbités passèrent sur Nandeau sans même s'arrêter. Il tendit le cou, écouta et s'éloigna en faisant de grands bonds. Nandeau se tourna dans la direction que fuyait l'animal. Il crut voir de hautes silhouettes dans les épaisses futaies. Il les contourna et retrouva le chemin du village. La voie était libre. Il courut en longeant l'orée, trébucha et tomba plusieurs fois.

Des bruits de sabots s'approchaient. Il se recroquevilla dans un houx dense et s'y enfonça malgré les épines acérées. La peur coulait en lui comme une lave glaciale lorsque deux chevaux s'arrêtèrent à sa hauteur sur le chemin. Ils piaffaient et renâclaient. Nandeau ne vit pas tout de suite s'ils étaient montés.

Le cœur douloureux, il retint sa respiration.

Pourquoi ceux qui montaient les chevaux ne parlaient-ils pas ? Les ombres s'agitaient, visiblement impatientes, mais aucun son, pas même un murmure ! Qui étaient-ils ?

D'autres chevaux les rejoignirent bientôt. Nandeau ne parvenait pas à détacher ses yeux du spectacle. Les destriers tournèrent un moment avant de repartir au galop, à travers bois.

Il attendit encore un moment.

Son cœur battait vite, mais ses idées étaient claires. Il devait voir ces cavaliers semeurs de terreur. Comprendre ce qu'ils voulaient, ce qu'ils étaient. Il ne rentrerait pas avant d'avoir eu des réponses.

Depuis qu'ils s'étaient éloignés, il sentait la peur desserrer son étreinte. Il se mit alors à suivre la trace des chevaux. Quelques mètres plus loin, il trébucha sur ce qu'il prit d'abord pour une souche pourrie. Mais il se releva et bondit en arrière : c'était le corps inerte d'un loup. Il reconnut le bel animal qui l'avait mis en garde. Il avait un trou au niveau du cœur.

Nandeau s'agenouilla, lui ferma les yeux et la gueule.

Il pria pour que Rubah ne fût pas dehors par une nuit pareille.

Mais il devait reprendre sa route. Il entendit soudain une cavalcade sur sa gauche. Il s'éloigna aussi vite qu'il le put entre les sapins, puis, hors d'haleine, il s'accroupit et attendit. Au moment où il se redressait, l'ombre d'un cheval était presque à ses pieds. Alors, il fonça. Les branches fouettèrent son visage, il tendit les bras et courut encore. Pour finir, il tomba dans une combe qu'il descendit moitié courant, moitié glissant sur le dos. Quelque chose courait sur sa gauche, le rattrapait. Il bifurqua à quatre pattes dans les taillis, les mains meurtries par les ronces. Il fit lever un essaim d'insectes.

La nuit de Grand Sang

Déjà, il ne pensait plus. Il était une bête aux abois, une proie dominée par une seule pensée : fuir !

Nandeau s'aperçut trop tard qu'il était au milieu d'une petite clairière. Il avait le ciel au-dessus de lui. Il se releva doucement au milieu des fougères et des myrtilles, le souffle court.

Il reculait pour se mettre à couvert quand le premier cheval s'avança. L'enfant fut pétrifié. Six autres chevaux arrivèrent à leur tour. Les bruits de sabots, derrière lui, le forcèrent à refluer vers le centre de la clairière.

Il sentit l'odeur des chevaux et, en levant la tête, croisa le regard d'un animal. L'œil, immense, presque entièrement blanc, était révulsé de frayeur. Les naseaux coulaient. De l'écume lui couvrait la bouche. Il respirait vite.

Nandeau se retrouvait coincé. Nulle issue, sinon le ciel.

Alors, quelque chose de froid et de tranchant se posa sur sa nuque. Aussitôt, un grand calme l'envahit, ses pensées fusèrent. Il se traita d'idiot. Comment avait-il pu croire qu'il reviendrait chez lui ? Il ferait partie des morts, et Noune serait inconsolable. Rubah avait eu raison, bien sûr. Il s'agenouilla et leva la tête pour voir celui qui allait lui donner la mort.

La bouche ouverte, les lèvres retroussées sur un long cri muet, les yeux brillants de rage et de terreur. Était-ce le visage d'un homme ?

La tête, entourée d'un halo de cheveux hirsutes, émergeait d'une armure sombre. Malgré la conscience de sa mise à mort imminente, Nandeau s'attarda sur les détails de la tenue des chevaliers et remarqua que les armures étaient couvertes de petites écailles noires, de la taille d'une pièce.

Le cavalier tenait à la main une longue lance blanche, qu'il pointa sur l'enfant.

Tous les autres chevaliers avaient le même air stupéfait, la même expression folle. L'un d'eux descendit de son cheval. Ses yeux roulaient comme s'il était ivre. Sa bouche, ouverte comme le trou d'une souche morte, n'exhalait rien.

Au moment où il allait frapper, son regard perçut quelque chose dans le dos du garçon et il retint son geste.

Une voix de rouille s'éleva, faussement chaleureuse :

– Allons, messire, baissez votre arme. Voyez comme vous terrifiez ce pauvre garçon !

Tourkoul mit la main sur l'épaule de Nandeau.

Le cavalier recula d'un pas, les yeux flamboyants de colère et d'effroi. Son visage vibrait.

– N'avez-vous pas trouvé plus innocente victime ?

Les cavaliers secouèrent la tête, leur bouche claqua, incapable de produire le moindre mot.

– Oui, bien entendu, je comprends votre détresse. Il vous faut tuer pour calmer le feu qui vous ronge.

Tourkoul força Nandeau à s'agenouiller, en lui serrant l'épaule.

– Mais vous ne ferez pas couler son sang, poursuivit-il. Celui-ci m'appartient.

Il baissa la tête et ajouta avec légèreté :

– Et puis, enfin… c'est le fils de l'un des vôtres…

Mais les guerriers n'avaient plus d'yeux que pour le sac que venait de poser Tourkoul.

Le cavalier pointa sa pique vers l'affreux petit homme.

Ce dernier prit tout son temps. Son regard pesa sur le visage de chacun.

Il chantonna en ouvrant le sac et dit d'une voix sucrée :

– Mais réjouissez-vous, mes amis, car j'ai là de quoi vous combler.

Nandeau reculait doucement, pas à pas, les yeux sur la meute des hommes déments. Leur salive coulait. Ils grognaient, avançant fiévreusement vers Tourkoul qui, sans perdre son sourire, leva un bâton et frappa violemment un bras tendu vers le sac.

– Doucement, messire, cracha-t-il au cavalier.

Celui-ci recula. Un autre reçut un coup dans les jambes et tomba lourdement sur le côté.

– Allons, pas de précipitation, dit encore Tourkoul, d'un air amusé. Il y en aura pour tout le monde. Restez dignes.

Nandeau était à l'orée du bois lorsque Tourkoul se tourna vers lui et lui fit un petit signe. Il se recula. Les hommes se ruaient à présent sur le sac, avec des grondements de bêtes. Tourkoul lança à nouveau son rire grinçant.

– Quelle déchéance ! Regardez-moi ça : des seigneurs devenus porcs…

Nandeau ne parvenait pas à détacher son regard de l'ignoble spectacle. Tourkoul rayonnait de joie mauvaise alors que ces hommes se bousculaient à quatre pattes devant lui. Il était le berger d'un troupeau de bêtes voraces.

L'enfant recula de quelques pas encore avant de faire volte face pour se sauver à toutes jambes.

Quelques minutes plus tard, la meute furieuse traversa la forêt comme une bourrasque. Nandeau attendit, couché dans les fougères. Après un moment, il se releva, mais ses jambes refusaient de le porter plus loin.

Une main se posa sur son bras. La voix à son oreille était d'un miel épais :

– Pauvre enfant, dans quel état t'ont-ils mis ! Tu parais terrifié !

Nandeau tentait de reprendre haleine.

– Ils ont eu peur de vous… lui dit-il dans un souffle. Comment diable… ?

Tourkoul leva les bras, bouffon grotesque, mais étonnamment effrayant. Il éclata de rire.

– Ah ! tu as vu, un peu ! Le valet terrifie les maîtres, désormais !

– Qui sont-ils ?

– Comment ? Ne les as-tu pas reconnus ?

– Vous avez dit « messire ». Ce sont des seigneurs ?

– Des chevaliers, pour être exact. Leur seigneur est messire Galondran.

Nandeau en resta sans voix pendant un instant. Puis il déclara :

– Ils sont monstrueux !

Tourkoul aida Nandeau à se relever.

Sa voix se fit mélancolique, mais ses yeux brillaient toujours :

– Ne les condamne pas. Les pauvres sont déjà maudits. Un poison les ronge, puissant : un feu que seul le sang versé parvient à calmer.

Il hocha la tête.

– Pauvres hommes.

– Ils sont fous…

– Fous, oui, absolument, Nandeau, ils sont fous de douleur. Et sois-en certain : sans moi, ils t'auraient tué.

Nandeau sentit une colère sourde l'envahir. Il se dégagea du bras de Tourkoul et recula.

– Vous *vouliez* que je voie ça ! Vous *vouliez* que je les rencontre !

Tourkoul garda le silence, attentif, pendant que l'enfant poursuivait :

– Vous m'avez suivi ! Vous saviez ce qui allait se passer, vous saviez que je serais en danger. Vous le vouliez !

Tourkoul se frotta le menton.

– Oui, c'est important que tu les aies rencontrés.

Nandeau revit ces hommes menaçants, et une phrase lui revint. Tourkoul leur avait dit quelque chose qu'il s'était juré de ne pas oublier s'il s'en sortait vivant. Quand les mots retrouvèrent leur place exacte, ils l'ébranlèrent profondément, sans qu'il parvienne encore à comprendre pourquoi.

– Vous leur avez dit que j'étais le fils d'un des leurs.

Tourkoul applaudit à grands gestes feutrés.

– Ah ! nous touchons là à un point crucial de notre relation, mon garçon. Vois-tu, Nandeau, ta curiosité me comble. Nous avons beaucoup à vivre ensemble, je te l'ai dit, mais il se fait tard. Il te faut avant tout dormir, te reposer, retrouver ta chère Noune qui doit beaucoup s'inquiéter pour son poussin. Ce n'est pas sain de rester si longtemps à courir les bois la nuit quand on est si jeune. Heureusement que tu m'as croisé sur ta route.

Il lui fit un clin d'œil.

– Pourquoi avaient-ils peur de vous ?

La nuit de Grand Sang

Tourkoul leva la tête vers la nuit. Longtemps, il resta silencieux. Lorsqu'il se tourna vers Nandeau, son visage était sérieux, sans masque. Nandeau comprit qu'il ne jouait plus.
– Parce que, sans moi, ce sont des hommes morts.

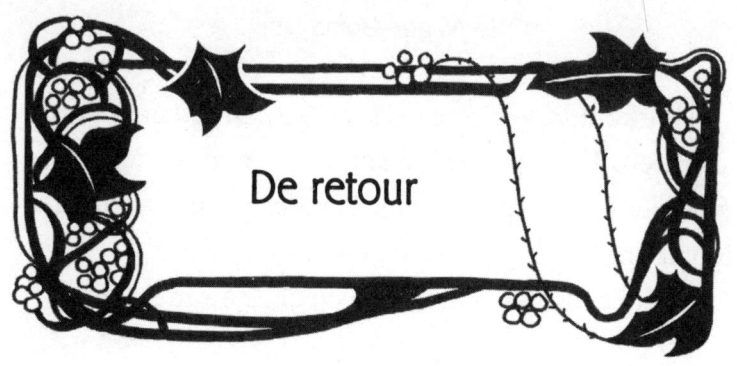

De retour

Nandeau tremblait de tous ses membres. Ses yeux brûlaient. Il aurait voulu se coucher dans l'épais tapis de feuilles, fermer les yeux et s'enfoncer profondément, ne jamais avoir à affronter le regard de Noune, les reproches de Rubah. Mais il fallait rentrer.

Il marcha lentement vers sa maison dans un puissant vertige. Sa tête tournait, il devait parfois s'arrêter contre un arbre.

Au début de cette nuit interminable, il s'était senti capable de revenir avec des réponses. Comme il était présomptueux alors ! Quelles *réponses* avait-il, à présent ? Il était assailli par cent questions, au contraire. Tourkoul l'avait sauvé, mais Nandeau était maintenant sa proie. Les rôles étaient clairs : le chat d'un côté, la souris de l'autre. Le glaçant petit homme était pourtant le seul être capable de lui donner toutes les réponses.

De retour

Était-ce cela, grandir ? Perdre son père, trahir Noune et Rubah, et ne plus rien comprendre ? Descendre toujours plus dans le puits sombre, sans pouvoir s'accrocher à rien ? Et voir la lumière s'éloigner, s'évanouir ?

Une vague de nostalgie l'envahit. Quand son père l'emprisonnait dans ses bras pour jouer, il se débattait de toutes ses forces, et Gondour, peu à peu, cédait. Ces victoires à bout de souffle le remplissaient de force et de fierté. Il se sentait alors capable de dépasser tous les obstacles. Mais, cette nuit, l'étreinte de Tourkoul ne s'était pas desserrée. Il se sentait pris. Ce n'était pas un jeu.

– Papa, chuchota-t-il à la nuit. Reviens.

Il essuya ses larmes. L'aube pointait et la maison apparut. Il ralentit le pas. Soudain, une silhouette fonça sur lui, le serra et cria de douleur, de joie et de peur.

Elle l'embrassa sur les joues. Son visage aussi était mouillé.

– Noune…

– Ne dis rien. Tu es… vivant. Nandeau, tu es vivant ! Rien d'autre ne compte, rien d'autre !

Elle le tint à bout de bras et le prit à nouveau contre elle.

Elle eut alors un sourire triste, attrapa sa main et le fit entrer dans la maison. La chaude lueur des bougies le rasséréna. Elle le fit asseoir et lui servit un bol de jus de pomme ainsi qu'une tranche de lard sur un gros morceau de pain. D'habitude, il se serait jeté sur cette nourriture, mais le lent vertige de fatigue qui l'envahit lui donna la nausée. Il repoussa la tartine et vida le bol. Elle le resservit aussitôt.

Elle le dévorait des yeux. Un sourire montait parfois à ses lèvres comme un éclat de soleil entre deux nuées, puis disparaissait soudain. Elle lui caressa la joue et lui embrassa les cheveux. Il renversa un peu de jus sur la table.

Le tapis avait été remis en place.

– Pardon, Noune.

Lèvres serrées, elle était incapable de libérer sa peur. Il posa la joue sur la table et la regarda.

– Sont-ils venus ? demanda-t-il.

– Oui. J'ai entendu leurs chevaux. Sept, je pense. Ils ont marché un moment autour de la maison, en frappant sur les volets. Puis ils sont partis, sans un mot.

Il retint son souffle et la regarda intensément.

– Je les ai vus, Noune.

Elle se redressa. Sa bouche s'entrouvrit sans qu'aucun mot n'en sorte.

– Ils m'ont piégé dans une clairière. Les chevaliers, et le seigneur Galondran. Mais ils ne sont plus eux-mêmes.

Instinctivement, il décida de ne pas évoquer l'armure, ni l'arme, ni leur voracité lorsqu'ils s'étaient jetés sur ce

De retour

que Tourkoul leur avait apporté dans son sac. Ces visions cauchemardesques étaient-elles d'ailleurs réelles ?

— On aurait dit des diables… Ils ont tué un loup qui m'avait conseillé de fuir.

C'est alors qu'une question surgit dans son esprit comme une torche lancée vers la nuit. Et si le tueur de l'animal était Tourkoul ? Il ne semblait pas porter d'arme. Mais de quoi n'était-il pas capable ?

— C'était la panique dans la forêt, le loup m'a heurté et ensuite il m'a dit de fuir. Il me connaissait. Il a dit « fils de Gondour ». Il a voulu m'aider.

Elle le regardait attentivement.

— Les chevaliers aussi me connaissaient.

Il aurait tant voulu éviter de parler de Tourkoul, mais Noune savait à qui elle devait le retour de Nandeau.

— C'est lui, n'est-ce pas, demanda-t-elle tout bas, c'est lui qui t'a permis de revenir ?

Il hocha la tête, les joues brûlantes.

— En échange de quoi ?

— De rien.

Elle se leva brusquement, sourcils froncés, des rides de colère autour de la bouche.

— Mensonge ! Il fait *tout* payer !

Cette fois, la rage faisait briller les yeux de Noune.

Mais Nandeau dodelinait de la tête, luttant pour garder les yeux ouverts. Alors elle le prit dans ses bras.

Petite femme ronde et forte, elle le porta jusqu'à son lit à elle et l'y allongea. Il fut immédiatement happé. En sombrant, il parvint encore à dire tout bas :

– Pardon, Noune. J'ai cru que j'étais plus grand que ça.

Il ne sentit pas le baiser sur son front.

Elle sortit ouvrir la grange pour libérer les animaux.

Justifications

Nandeau passa les trois jours qui suivirent au lit. Il s'éveillait parfois, se levait dans un demi-rêve, soutenu par Noune qui l'aidait à manger un peu de pain et à boire un bol de jus de pomme tiède. Il se recouchait, déjà endormi, sombrant dans des visions de poursuites. Des loups bondissaient au-dessus de lui, gueule ouverte, yeux exorbités. Il avait beau fuir, un rire grinçant le suivait partout.

Un matin, il ouvrit les paupières et son cœur s'arrêta. Deux yeux noisette étaient plongés dans les siens.

– Eh bien ! quelle paresse !

– Rubah !

Aussitôt, Nandeau fut assailli par les remords et détourna la tête. Le renard se lécha la patte, longuement. Puis il dit :

– Il y a des lieux à ne pas fréquenter. Des personnes, aussi.

Les larmes des Avalombres

Le cœur de Nandeau se serra, mais il garda les lèvres closes.

Rubah descendit du lit et grimpa sur la chaise qu'avait occupée Noune la veille pour le veiller.

Nandeau, cette fois, ne put s'empêcher de regarder son ami.

— Tu m'as vu ? demanda-t-il d'une voix mal assurée.

— Peux-tu vraiment croire que je serais resté bien au chaud au fond de mon terrier alors que tu courais les bois ? Bien entendu que je t'ai vu ! Je te connais depuis que tu rampes ! Dites à un enfant de ne pas sauter dans un puits à sec et vous le retrouverez au fond avec une jambe cassée. Vivement que tu aies de la barbe au menton.

— Je ne t'ai pas entendu.

— Ni vu. Sans doute parce que je suis un renard. Mais j'ai failli être foulé par une horde de biches et de cerfs affolés, et j'étais si près de toi quand le loup t'a fait tomber que j'ai senti son haleine fétide.

— N'en dis pas de mal. Il m'a mis en garde !

Rubah dévisagea un moment Nandeau.

— Et les propos d'un loup ont plus de poids que ceux de Noune, ou que les miens ?

Nandeau soupira.

— J'ai failli mourir.

Rubah sourit.

Justifications

– J'ai eu, moi-même, quelques doutes sur l'issue de cette nuit, je l'avoue. Mais pour tout te dire, j'étais sur le point de bondir sur l'un de ces vils cavaliers lorsque j'ai senti une autre présence.

– Tourkoul !

Rubah hocha la tête.

– Il était à quelques pas de moi, accroupi. Il me souriait.

Le renard fit une moue de dégoût.

– Pouah ! Il a mis un doigt sur sa bouche et m'a fait un clin d'œil. Moi, complice de cet être écœurant... Quel ultime déshonneur ! Puis il a planté son arme ensanglantée dans le sol, s'est redressé et vous a rejoints. J'ai alors compris que tu étais sauvé.

– Alors c'est bien lui qui a tué le loup, dit Nandeau.

Il s'absorba dans ses pensées un moment avant de demander à Rubah :

– Pourquoi les animaux ne m'attaquent-ils jamais ?

Le renard se gratta l'oreille avec sa patte.

– Eh bien, tout simplement parce que ton père, Noune et toi n'avez jamais fait de mal aux bêtes. Vous nous avez toujours protégés. La grange est depuis longtemps un abri pour nombre d'entre elles. Imagine que les cavaliers sachent ce qui s'y trouve alors qu'ils sont assoiffés de sang. Ils tueraient les réfugiés et ceux qui les cachent.

Un souvenir s'ouvrit en lui. Son père, revenant avec une biche sur le dos. Les yeux grands ouverts, le bel animal attendait patiemment. Il l'avait posé avec délicatesse sur le sol couvert de paille de la grange. Une de ses pattes avait été brisée par un piège juste au-dessus du sabot. Gondour avait nettoyé la plaie avant de panser la patte. La biche avait passé l'été avec eux. Malgré son boitillement, la jeune bête avait joué avec Nandeau et Rubah. Ils se poursuivaient, se cachaient. Ses yeux étaient doux, ses cils longs et soyeux. Elle dormait avec le cheval. Mais, un matin, Gondour avait trouvé sa place vide. Nandeau se souvint de sa tristesse. Son père lui avait expliqué qu'il devait se réjouir qu'elle ait trouvé la force et le courage de retourner dans la forêt. Elle était guérie.

— Où est Noune ? demanda Nandeau.

— Partie cueillir quelques baies. Je lui ai dit que je veillais sur toi. Si tu sors de ce lit, je te mords, tu es prévenu.

Nandeau sourit tristement.

— Elle ne veut jamais que tu entres ici, d'habitude.

— Je n'ai jamais insisté pour le faire, répondit-il en levant le museau d'un air supérieur. Les renards n'ont jamais eu besoin d'être invités pour entrer où que ce soit… Mais cette fois, elle m'a convié et m'a même offert un œuf. Elle était heureuse que l'ami de son protégé soit vivant.

Justifications

Ils restèrent un moment silencieux. Puis Nandeau regarda Rubah et dit d'un air sombre :

– Les chevaliers ont d'étranges armures, en écailles noires.

Le renard lui lança un regard oblique, mais garda museau clos.

Alors, la porte s'ouvrit et Noune entra avec deux paniers. L'un était rempli de feuilles odorantes, l'autre de racines, de baies et de noix. Rubah descendit de la chaise.

Noune s'assit sur le bord du lit et mit la main sur le front de l'enfant.

– La fièvre est tombée. Comment te sens-tu ?

– Très bien.

Il poussa la couverture et se redressa. Sa tête ne tournait plus. Il avait l'impression de retrouver le monde tel qu'il l'avait laissé avant la nuit de Grand Sang. Pourtant, sa vie avait basculé. Et il devrait bientôt partir.

Elle le prit sous les bras, mais il tint debout tout seul.

Il fit quelques pas sous les regards croisés de Noune et de Rubah, comme s'il marchait pour la première fois. C'étaient bien ses premiers pas depuis qu'il avait frôlé la mort.

Devoir sa nouvelle vie à Tourkoul lui fit mal, mais il sourit à Noune.

– Il fait beau dehors, dit-elle. Tu es pâle, assieds-toi sur le perron et prends un peu le soleil. Je casse quelques noix et te les apporte.

Il l'embrassa et sortit, Rubah sur ses talons.

La porte fermée, le renard dit aussitôt à Nandeau dans un souffle :

– Quand la lune sera entre les deux grands pins, ouvre-moi ta fenêtre, j'ai quelque chose d'important à te montrer.

Tristes révélations

Le soir même, un bruit au-dehors alerta Nandeau.
– Rubah ?

Le renard sauta sur le rebord de la fenêtre, faisant bondir le cœur de l'enfant.

– Tu es d'une pâleur, Nandeau… ! Il te faudra bien plus de quelques heures sur le perron à te dorer comme un lézard si tu veux retrouver figure humaine.

– Que veux-tu me montrer ?

– Rentrons.

Rubah traversa la pièce comme un souffle roux dans la clarté de l'unique bougie dont s'était saisi Nandeau.

Le renard attendit devant l'étroite porte de bois au fond de la salle. Nandeau haussa les épaules.

– Eh bien, quoi ? C'est la chambre de mon père.

– Pas du mien, merci, je suis au courant. Ouvre.

Nandeau appuya sur la clenche, sans quitter Rubah des yeux. Une agréable odeur fraîche s'échappa de la pièce.

Il ferma derrière eux. Son père lui avait toujours interdit d'entrer dans sa chambre sans qu'il y soit invité.

Des feuilles de menthe se trouvaient dans un panier posé sur le lit fait. En face, une sombre et haute armoire. Nandeau regarda Rubah, posté juste devant. Il se léchait la patte.

– Ce que je vais te montrer te donnera une réponse et lèvera cent questions. Te voilà averti.

Nandeau acquiesça.

– Avance l'armoire d'un pas, dit Rubah en encourageant son ami d'un hochement de tête.

Nandeau se plaqua au mur et poussa l'imposant meuble. Il se décolla avec un grincement qui le fit grimacer. Si Noune les trouvait là…

Rubah ne faisait pas un geste. Il observait Nandeau, soufflant et gémissant.

– Passe ton bras derrière l'armoire, contre le mur.

Nandeau fouilla. Et sentit. Il retira la main avec la sensation d'avoir touché un serpent chaud.

– Qu'est-ce que c'est ? demanda le garçon.

– Tu le sais bien, répondit Rubah.

– Une armure ?

– Oui.

– Mais… elle est chaude !

– Sors-la.

Tristes révélations

Nandeau trouva le clou auquel elle tenait, la décrocha, et ce fut comme tenter de tenir un rocher à bout de bras. L'épaule de Nandeau lâcha et l'armure s'écroula sur le plancher, avec un bruit sourd. Il s'agenouilla et la tira de toutes ses forces de derrière l'armoire. Il reprit son souffle et dit :

— On dirait... qu'il y a quelqu'un... à l'intérieur !

L'armure était faite de petites écailles d'un noir mat. Elles cliquetèrent sous ses ongles comme un métal doux. Elles absorbaient toute la lumière. Il était impossible de voir la moindre couture : cela ressemblait à une peau de reptile.

Nandeau mit son bras à l'intérieur. Il sentit à nouveau l'agréable chaleur et retira vivement sa main.

— Comment as-tu su qu'elle se trouvait là ?

— Ton odorat vaut celui d'une truite, ne t'en déplaise. Mais moi, vois-tu, je reconnaîtrais l'odeur de ces armures à deux jours de marche.

Fasciné, Nandeau observait l'étrange vêtement. Il finit par poser la question douloureuse qui lui brûlait les lèvres :

— C'est la même que celles que portaient le seigneur et les chevaliers. Qu'est-ce que cela signifie ?

Constatant que Rubah regardait quelque chose dans son dos, il se retourna et eut un hoquet de surprise.

— Que faites-vous là tous les deux ? demanda Noune, d'un ton glacial.

Nandeau baissa le regard.

— Rien ! C'est juste que...

Son visage s'assombrit. Les questions se bousculaient si fort sous son crâne... !

Elle suivit son regard et dit d'une voix plus douce :

— Oui, Nandeau... C'était l'armure de Gondour, ton père.

L'enfant secoua la tête et se releva. Il chercha les yeux de Rubah, qui acquiesça.

— Mais mon père n'est pas un chevalier ! C'est ridicule !

Il entendit sa voix dérailler, mais elle ne voulait plus s'arrêter, emportant Nandeau dans un vertige de peur. Quand il se tairait, il serait au bord du gouffre. Il reprit donc :

— Il vit de la terre, il cultive et fait du bois ! Il répare des outils et fait commerce de légumes... Mon père n'est pas comme eux ! Il ne leur ressemble pas, c'est un homme bon, lui ! Il ne ferait pas de mal à une mouche, il a même défendu une biche venue se réfugier chez nous. Tu te souviens, Noune ?

Il tendit les bras vers elle, hagard et agité, comme un animal à l'agonie se débat une dernière fois avant de capituler.

— Il n'a pas leur bouche, pas leurs yeux fous.

Il essuya ses larmes. Noune le prit dans ses bras.

Tristes révélations

– Mon père n'est pas l'un des leurs ! dit Nandeau dans un souffle. Il ne leur ressemble pas.

Noune fit un geste à Rubah, qui sortit de la pièce en silence.

La voix de Tourkoul résonnait dans la tête de Nandeau : « C'est le fils de l'un des vôtres. »

Noune dit enfin tout bas :

– Avant… avant les larmes, ton père a aussi été un chevalier, un grand chevalier. Il a quitté l'armure depuis bien longtemps.

Nandeau reçut cette révélation comme un choc. Gondour… chevalier ? Comme un noyé, il s'accrochait misérablement à l'idée que son père avait fait le choix de renoncer aux armes.

– Alors, il n'est pas comme eux ! Il n'a rien de leur rage, de leur folie.

Elle soupira et dit tout bas :

– Tu ne l'as jamais vu ainsi, en tout cas, et c'est tant mieux.

Il la dévisagea, les yeux mouillés de désespoir. Il n'osait plus rien dire. Elle le berça contre son cœur.

– Ces dernières années, je l'ai vu souffrir comme jamais avant lui je n'avais vu souffrir personne, ajouta-t-elle tout bas.

Nandeau contempla l'armure un moment, l'esprit en ébullition. Son père avait donc été une de ces créatures ivres de sang, aux yeux déments. Un homme-bête dominé, humilié par un berger grotesque.

Cette découverte fit grandir en lui une onde de colère. Non, pas lui ! Pas son père !

– Me diras-tu tout ce que je dois savoir, à la fin ? explosa-t-il. De quoi mon père souffre-t-il ? Et pourquoi les chevaliers et le seigneur sont-ils devenus… ça ?

Noune hésita.

– À cause des larmes des Avalombres.

– Les *larmes* ? répéta-t-il d'une voix blanche.

– C'est Tourkoul qui les leur fournit.

C'était donc ça, ces *larmes* qui se trouvaient dans le sac qu'avait Tourkoul avec lui… Pourtant, ces géants n'étaient-ils pas disparus depuis des années ?

Elle serra les lèvres. Ses yeux brillaient de rage.

– Il est à l'origine de tout ! Il est le fléau !

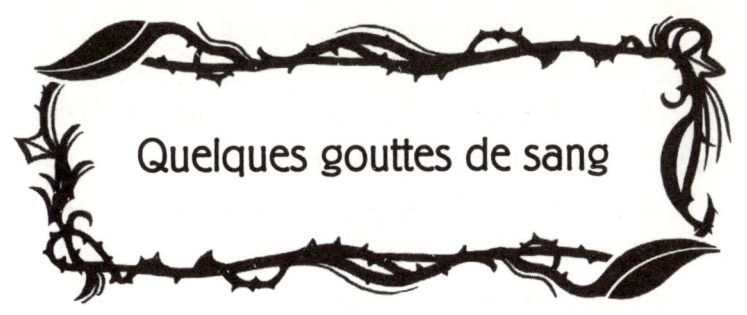

Quelques gouttes de sang

— Aide-moi à remettre l'armure sur son crochet, demanda Noune à Nandeau. Elle est trop lourde pour moi.

Non sans mal, ils soulevèrent et replacèrent l'armure. Puis ils poussèrent l'armoire vers le mur.

Noune ramassa la bougie, mit une main dans le dos du garçon et ferma la porte derrière eux. Ils s'assirent à la table et elle alluma deux bougies de plus.

Nandeau était abasourdi. Son père avait eu tant de secrets… !

La colère revint, plus forte, et brisa les premiers barrages. Le garçon frappa du poing sur la table. Noune le regarda en silence. Ce qu'elle allait lui dire le bouleverserait, le changerait, les mettrait tous en péril. Elle cherchait les mots justes, car il s'agissait de lui donner la force d'accepter la vérité sur son père sans le haïr. Ce qu'elle allait lui confier les séparerait pour longtemps.

Peut-être pour toujours. Il faudrait cependant l'empêcher à tout prix de partir en quête de ce père condamné, pour ne pas le perdre, lui aussi. Elle prit une profonde inspiration, posa la main sur le poing serré de Nandeau et soutint son regard blessé, hostile.

Il retira sa main.

– Et dire que vous m'avez menti, tout ce temps… Tu savais, toi aussi !

– Je ne sais pas tout, mais j'ai vu des choses que j'aurais préféré ne jamais voir. Et si nous ne t'en avons jamais parlé, c'est parce que tu n'étais pas prêt à les connaître, alors.

Il leva le menton et dit avec un regard de défi :

– Mais j'ai vu les chevaliers ! Et j'ai survécu à la nuit de Grand Sang.

– N'oublie jamais à qui tu dois ta survie, parce que lui saura te le rappeler.

Les paupières de l'enfant clignèrent. Il perdit de son assurance dans un lent étourdissement. Noune sourit tendrement.

– Ne grandis pas trop vite.

Nandeau fut parcouru par un immense frisson, et l'image de son père se superposa à celle de Noune. C'était la nuit de son départ. Les yeux rougis sous la capuche, les lèvres blanches et tremblantes, la longue cicatrice blême, Gondour ressemblait à un vieil homme marchant vers sa

Quelques gouttes de sang

fin. Nandeau le savait depuis l'instant où il s'était mis en travers de son chemin : il avait voulu empêcher son père d'aller mourir.

Il prit son visage dans ses mains. Noune ranima le feu et fit chauffer de l'eau. Quand elle lui servit une infusion de menthe et une pomme sucrée au miel, Nandeau s'était repris. Il croisa les bras et dit simplement en fixant le bol :

– Raconte-moi tout, s'il te plaît.

Noune se retourna, le visage inquiet.

– Te raconter quoi ? demanda-t-elle d'une voix hésitante.

– Ce qui est arrivé aux chevaliers, à mon père. Pourquoi ils sont devenus fous.

Elle prit une profonde inspiration et commença :

– Bien avant que tu naisses, notre seigneur Galondran vivait avec ses chevaliers et leurs familles dans son château. D'autres seigneurs étaient nos voisins, mais nous ne les voyions que très rarement. Chacun avait des terres que des paysans cultivaient. Il y avait bien quelques conflits, mais tous parvenaient toujours à trouver une solution pour vivre en bonne entente.

Noune s'accroupit et tisonna le feu.

– Nous pensions tous que la paix dans laquelle nous vivions confortablement ne cesserait jamais. Nous ne voyions les chevaliers que lorsqu'ils chassaient ou se promenaient. Ils saluaient les enfants, ils respectaient les villageois. Ils n'ont jamais eu, à ma connaissance, d'actes de violence à l'encontre de qui que ce soit, au village.

Elle souffla sur les braises.

— Et puis, un matin, la paix s'est envolée avec les premiers vents doux et les pas silencieux de Tourkoul dans la rue du village... J'étais une jeune femme, alors. Une meute d'enfants joyeux couraient dans la rue et je souriais en espérant en avoir bientôt un, moi aussi.

Ses lèvres blanchirent.

— Tourkoul n'était jamais entré dans le village, auparavant. Il faisait partie de ces hommes errants qui parcouraient le pays à la recherche de nourriture ou de ruines à habiter quelque temps. Les parents rentraient leurs enfants quand ces gens-là passaient aux alentours. Mais lui était ambitieux. Il a voulu offrir ses services au seigneur Galondran et devenir chevalier.

Elle secoua la tête.

— Les chevaliers ont refusé de l'adouber. Il n'était pas assez valeureux. Tous se méfiaient de lui, de son regard fourbe. Alors, quand la porte du château s'est fermée sur lui, ça l'a rendu fou de rage. Il a longuement cherché le meilleur moyen d'assouvir sa vengeance. Il rôdait dans le pays, marmonnait tout seul. Son visage de haine faisait peur.

Quelques gouttes de sang

Elle resta un moment, les yeux dans le vide, à contempler d'anciennes images. Puis elle reprit d'une voix atone :

— Et puis, un matin, il a traversé le village avec un sourire répugnant. Il l'avait trouvée, sa vengeance ! Ses yeux mauvais nous prévenaient que nous étions à l'aube de grands changements. Son silence était effrayant, son assurance nous pétrifiait. Mais les enfants lui tournaient autour. Pauvres enfants ! J'ai peu de souvenirs de cette époque, mais celui-ci reste très clair : il est allé droit vers le château de messire Galondran.

Elle prit la main de Nandeau sans détacher ses yeux du feu.

— À cette époque, comme je te l'ai dit, plusieurs chevaliers vivaient au château avec leurs familles. Tout le village était dehors quand Tourkoul est ressorti de la bâtisse, l'un des chevaliers et sa femme sur ses pas. Cette dernière pleurait en se tordant les mains. Elle disait que ça n'était pas vrai, que Tourkoul mentait. Le chevalier, lui, était très pâle, ses lèvres étaient blanches. Tourkoul venait de leur annoncer la mort de leur enfant. « Je ne vous demande pas de me croire, leur avait craché le petit homme, venez voir par vous-mêmes. Je vous conduis où je l'ai trouvé. » Trois autres chevaliers les ont rejoints, le visage grave. Quelque chose au fond d'eux avait déjà compris que rien ne serait plus jamais comme avant.

Des enfants du village mouraient parfois, de maladies ou dans des accidents, mais il n'y avait jamais eu auparavant de meurtre d'enfant de chevalier. L'offense était insupportable ! La mère a ramassé une pierre et en a menacé le visiteur, mais son mari lui a dit « non ». Il lui a demandé de ne pas venir avec eux, d'attendre au village. « C'est mon fils ! » a-t-elle crié. Mais l'homme s'est éloigné, Tourkoul ne s'est pas retourné. La moitié du village a suivi.

Noune soupira profondément.

– Vois-tu, Nandeau, j'étais quelques pas derrière Tourkoul, mais à ce moment-là, j'ai presque eu la certitude qu'il souriait. Je ne sais pas si je l'ai imaginé, ou réellement vu, mais je suis convaincue que c'était le cas. Des enfants ont fini par être effrayés par le grand silence qui régnait. Ils ont fait demi-tour et se sont sauvés vers le village. À l'orée du bois, Tourkoul s'est retourné et nous a dit de rester là. Il a simplement fait un geste au père et ils sont entrés sous le couvert des arbres.

Elle ferma les yeux et secoua la tête.

– Ce moment-là... C'était... insupportable ! Cette immobilité absolue et les oiseaux qui chantaient...

Elle tressaillit.

– Le chevalier est sorti des fourrés, son fils dans les bras. Le petit avait un trou au niveau du cœur. Ses yeux regardaient fixement le ciel. Il était très pâle, mais

Quelques gouttes de sang

il paraissait encore si vivant ! Un message a été trouvé sur son corps : *Voilà ce qui arrive à ceux qui braconnent sur des terres qui ne leur appartiennent pas.* Le père, les jambes tremblantes, a porté son fils au château, et notre seigneur a juré de punir le meurtrier. Il a envoyé des chevaliers sillonner la région à la recherche du coupable. Tous sont revenus bredouilles : les seigneurs voisins niaient toute implication dans la mort de l'enfant. Un matin, le seigneur Galondran a fait parvenir aux seigneurs des environs une lettre les traitant de menteurs et de lâches, les accusant de couvrir l'assassin. C'était une déclaration de guerre. Quelques jours plus tard, un messager est venu annoncer que, si notre seigneur ne présentait pas ses excuses, lui et ses chevaliers seraient défiés par plus de cent guerriers.

Le cœur de Nandeau battait à tout rompre.

– Galondran et ses chevaliers savaient qu'ils ne seraient pas de taille face à une telle armée, poursuivit Noune, d'une voix de pierre. Que s'ils maintenaient leur position, ils y laisseraient probablement leur vie. Sur la cinquantaine de chevaliers qui vivaient au château, seuls douze sont restés. Les autres ont fui ou se sont ralliés aux ennemis. Les chevaliers fidèles à Galondran étaient des hommes valeureux et bons. Ton père était l'un d'entre eux.

– Pourquoi ? Pourquoi est-il resté ?

— Par fidélité à son seigneur. Et aussi pour protéger une femme. Ta mère.

— Ont-ils été vaincus ?

Noune fixa un moment le garçon, baissa les yeux et répondit sombrement :

— Sans doute aurait-il mieux valu qu'ils soient écrasés. Ils auraient été capturés, auraient payé leur rançon en or, en chevaux et en nourriture. Certains seraient morts, mais ils n'auraient pas été damnés. Au lieu de cela, ils ont vaincu.

— À douze contre cent ? C'est impossible !

— C'est ce que tous pensaient. Villageois, ennemis, chevaliers. Le seigneur lui-même.

Elle regarda le feu un moment avant d'ajouter sombrement :

— Mais pas Tourkoul. Il avait tout prévu… C'est lui qui a promis la victoire au seigneur et à ses chevaliers. Il la leur a vendue cher, très cher.

La petite femme resta silencieuse et Nandeau crut voir un tourbillon de pensées noires dans ses pupilles.

— Pour garantir la victoire de Galondran et de ses hommes, il avait besoin des Avalombres, car il y en avait encore, alors. Nous connaissions tous les récits concernant ces créatures géantes, habitant les bois. Un enfant revenait parfois, plus émerveillé qu'effrayé, et criait à tue-tête qu'il en avait vu un. Nous en avions moins peur

Quelques gouttes de sang

que des loups et des ours, car jamais personne n'avait été blessé par un Avalombre.

– Il y a leur signe sur certains arbres.

– Oui. Ils sont très vieux. Il ne faut pas passer près d'un tel signe sans le toucher et demander la protection des Avalombres. Ton père est un homme sage. Il connaît les rites.

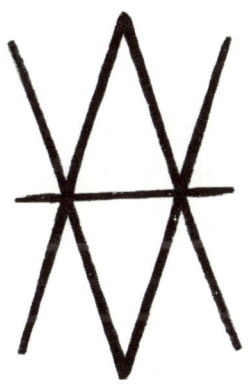

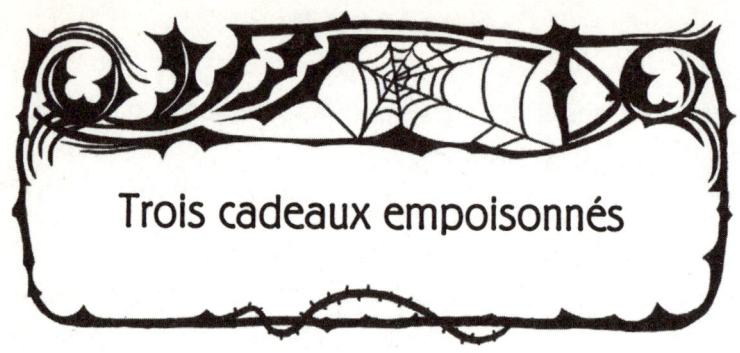

Trois cadeaux empoisonnés

Noune mit une bûche dans le feu et ramassa une braise sur le plancher.

— Pendant plusieurs semaines après la mort de cet enfant, rien n'a paru changé. La guerre n'était qu'un mot murmuré entre nous avec crainte. Nous avons repris nos travaux, préparé la terre, semé, sorti les animaux au pré. Nous sommes retournés à la rivière. Les enfants ont recommencé à construire des cabanes. Pourtant, au repas du soir, leurs parents se figeaient parfois, se regardaient et demandaient le silence, comme s'ils venaient d'entendre quelque chose. La peur des enfants s'était vite éteinte, pas la leur. Et puis il y a eu cette autre journée funeste. Un matin, nous nous sommes précipités dans le champ, pieds nus. Il faisait sombre. Je me souviens de la terre encore chaude. Je ne savais pas pourquoi j'étais dehors, encore à moitié endormie. Puis je les ai vus. Presque tout le village était là. Messire Galondran et tous ses chevaliers passaient à cheval sur le chemin bordant les champs, silencieux comme des condamnés. Tourkoul était à leur tête. Une cohorte d'enfants ont couru à travers champs pour leur souhaiter bonne chasse, mais les visages des chevaliers les ont fait taire. D'habitude, ils souriaient aux enfants, leur faisaient volontiers un signe amical. Pourtant, ce matin-là, ils regardaient droit devant eux, les lèvres serrées. Ils sont entrés dans le bois dans un silence de mort. Nous les avons guettés tout le jour. Tard dans la nuit, on les a vus tirer hors de la forêt une gigantesque peau couverte d'écailles.

– Une peau d'Avalombre !
– La première des douze, oui.
– Douze... comme le seigneur et ses chevaliers.

Elle acquiesça et Nandeau murmura :

– Tuer des Avalombres ! Comment ont-ils osé... ?
– Un jour, un chevalier est venu dans le village. Il cherchait la meilleure couturière. Nous avons désigné sans hésiter une jeune femme aux doigts d'or, capable de coudre le cuir assez serré pour que l'eau d'une rivière n'y entre pas. Elle faisait des souliers, des pantalons, des tabliers de travail et des robes de mariage d'une finesse remarquable.

Noune sourit tristement à Nandeau.

– C'était ta maman, mon enfant. Et ce chevalier-là, c'était ton père.

Nandeau accusa le choc.

– Que voulait-il qu'elle couse ?

– Les armures. Ta mère les a cousues une à une.

Nandeau frappa du poing sur la table. Noune, aussitôt, mit la main sur la sienne, qui tremblait.

– C'est ignoble ! Les chevaliers ont massacré les Avalombres, alors qu'ils n'avaient jamais fait de mal ! Et tu me dis que mon père a participé à cette tuerie ? Ma mère aussi ?

Il secoua la tête. Des larmes coulèrent. Ses lèvres se retroussèrent de colère.

– Crois-moi, Nandeau, jamais ils n'auraient participé à tout ça si Tourkoul ne les avait pas obligés à le faire. Ton père a tué pour protéger ta maman. Tourkoul avait promis sa mort si elle ne cousait pas les armures.

– Alors il fallait tuer Tourkoul !

Elle eut un soupir las et répondit tout bas :

– Aucun seigneur, aucun chevalier, aucun homme ne peut tuer Tourkoul. Tous ont trop besoin de lui. Lorsqu'il est entré dans le village, il se savait invulnérable. Il avait trouvé ce qui le mettrait à l'abri de toute menace. Désormais, il déroulait son plan en toute sérénité. Il en était à équiper les chevaliers en armures.

– Qu'ont-elles de particulier, ces armures ? demanda Nandeau avec irritation. Elles sont lourdes, il est impossible de se battre avec ! Comment ont-ils pu vaincre leurs ennemis avec ça sur le dos ?

— Tourkoul avait tout prévu. Quand ta mère a fini de coudre les armures, il a expliqué aux chevaliers qu'elles les rendraient invincibles. Les chevaliers ont tenté de les porter. Ton père m'a raconté qu'il avait eu l'impression d'avoir cent ans la première fois qu'il a enfilé la sienne. À peine a-t-il pu faire quelques pas avant de tomber à genoux, sous le sourire narquois de Tourkoul.

Noune se leva et regarda le fin croissant de lune piquant le ciel. Elle poursuivit :

— Les chevaliers et le seigneur Galondran étaient furieux, car la guerre approchait, la peur les taraudait. Certains ont traité Tourkoul de menteur et de sot. À quoi bon porter une armure si robuste, si elle ralentissait les pas, alourdissait chaque mouvement, empêchait même toute fuite ? Tourkoul a attendu que les chevaliers soient désespérés pour leur offrir la solution : il avait avec lui de quoi leur garantir puissance, bravoure et force. Joignant le geste à la parole, il a tiré une sorte de pierre de son sac. Mais de la pierre, ça n'avait que l'aspect, car il en a percé l'enveloppe avec un doigt. C'était une larme d'Avalombre. Il y avait un liquide à l'intérieur. Tourkoul s'est approché de Gondour, lui a tendu la larme ouverte. Ton père l'a brutalement repoussée, mais un autre chevalier l'a prise, sous le regard sinistre de Tourkoul. Prudemment d'abord, puis avec fièvre, le chevalier a bu.

Noune marqua un long silence avant de continuer.

– Quelques heures plus tard, le chevalier portait son armure comme si elle ne pesait rien. Il riait et chantait de joie. Il faisait de grands moulinets avec son épée, sous les yeux éberlués de ses compagnons. Évidemment, chaque chevalier a voulu boire une larme. Tourkoul s'est empressé de les leur fournir. Le seigneur et tous ses chevaliers ont bu… Même ton père.

– … Et c'est à ce moment précis qu'ils sont devenus fous, c'est ça ?

– Pas tout de suite. Les larmes ont commencé par décupler leurs sens. Sitôt le liquide bu, les hommes de Galondran ont oublié leur peur, et n'ont plus eu qu'un désir : se battre, tuer, se ruer sans attendre sur le champ de bataille. Désormais, ils étaient sûrs de leur victoire. Les jours suivants, ils n'ont plus dormi : un sang nouveau courait, brûlant, dans leurs veines. Nous les entendions chanter et vociférer nuit et jour, à tel point que nous avons fini par en être effrayés. Les chevaliers buvaient sans jamais être ivres et traitaient maintenant Tourkoul comme l'un des leurs. Ton père était sans doute le seul à se méfier encore de lui. Il se tenait en observateur, à l'écart de ses compagnons, réprouvant leur joie malsaine. Il avait plusieurs fois surpris le regard

Trois cadeaux empoisonnés

de Tourkoul sur les chevaliers et y avait reconnu l'éclat pur de la haine.

Noune fit quelques pas vers Nandeau.

– Je suis désolée, mon enfant. J'aurais voulu ne jamais avoir à te raconter ça.

Son père avait participé au massacre des Avalombres. Il avait bu à leurs larmes, il avait obéi à Tourkoul ; il s'était fait son esclave, il avait fait partie de cette meute écœurante prête à tout pour obtenir de lui une larme ! Nandeau haïssait la naïveté de ces chevaliers sanguinaires, mais il ne pouvait s'empêcher de se demander comment il aurait lui-même résisté à celui qui offrait la victoire et l'assurance de vivre face à cent chevaliers. Quel choix Gondour avait-il eu ?

– Continue, s'il te plaît.

– Pour finir, Tourkoul a demandé aux hommes de Galondran de briser leurs épées. La plupart des chevaliers, et Galondran lui-même, avaient désormais une confiance aveugle en lui. Certains ont protesté, ton père notamment. Mais l'autre les a convaincus que jamais ils ne vaincraient grâce à ces armes pitoyables. Alors, ils ont cédé, brisant sur leurs genoux des épées qui avaient fait leur gloire. Tourkoul a ensuite offert à chacun une nouvelle arme.

– Les lances ! la coupa Nandeau. Ils avaient des lances, dans la clairière, je les ai vues !

Il ajouta, perplexe :
— On aurait juste dit de longs bâtons taillés...
— Détrompe-toi. Ce sont des os d'Avalombres. Ils sont incassables, légers. Tout homme blessé par leur pointe est condamné à mourir avant la fin du jour. Ton père m'a raconté avoir projeté sa lance de toutes ses forces au hasard dans les bois, espérant s'en débarrasser. Il l'a retrouvée sans la chercher, comme s'ils avaient été attirés l'un par l'autre. La pointe de l'arme était fichée dans la poitrine d'une biche, en plein cœur.

Noune soupira profondément. Son visage était de pierre, seule sa bouche bougeait.

— Tourkoul n'a rien laissé au hasard. La région déchirée, les Avalombres massacrés, les chevaliers asservis et armés de sa main : il avait tout mis en place. La bataille pouvait commencer.

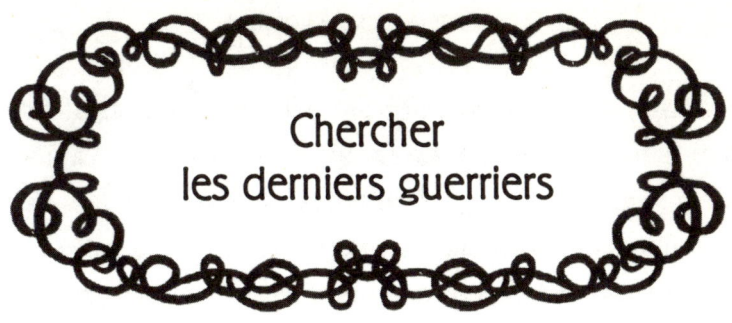

Chercher les derniers guerriers

— Tous les jours qui ont suivi, Tourkoul a abreuvé les chevaliers aux larmes des Avalombres. Ton père aussi a bu. Ils ne se nourrissaient plus, ne parlaient plus. Ils ne tenaient plus en place. Certains se défiaient pour des broutilles et manquaient se tuer, tant leurs nerfs étaient tendus. Jusqu'à ce que, à l'aube d'un jour de printemps brumeux et froid, las d'attendre l'ennemi, ils sortent du château sur leurs chevaux. Nous, les villageois, sommes allés les voir, à distance. En tête, le seigneur Galondran avait des yeux immenses, injectés de sang, un sourire carnassier. Tous étaient effrayants, méconnaissables. Ils sont passés sans un regard pour nous. Leurs armes nous ont surpris : comme toi, nous ne nous attendions pas à ce qu'ils partent se battre avec des bâtons taillés. Quelque chose a vite attiré notre attention : Gondour, ton père, ne portait pas d'armure. Il était en vêtement de cuir, bras nus, arborant simplement un bouclier de bois. Il n'avait pu se défaire de la lance offerte par Tourkoul, mais Galondran n'avait pu le convaincre de revêtir l'armure d'Avalombre. On n'entendait que les sabots des chevaux. Ta maman était là, très pâle. Elle n'avait d'yeux que pour ton père. Je me rappelle si bien son visage… Elle était désespérée.

Noune s'approcha du feu et y réchauffa ses mains, comme si l'aube la glaçait. Nandeau essayait de se représenter son père sans armure, et sa mère.

– Les anciens, qui avaient vécu des batailles, nous ont prévenus qu'ils ne reviendraient pas avant plusieurs jours, voire plusieurs semaines. S'ils revenaient. Car contre cent guerriers…

Noune ajouta une bûche.

– Pourtant, deux jours plus tard, ils étaient déjà de retour. Seuls deux d'entre eux manquaient : Morvent, un chevalier que nous aimions particulièrement avant que Tourkoul ne l'arme et ne le fasse boire aux larmes, et ton père.

Elle soupira et ajouta :

– Jamais nous n'avons revu Morvent. Mais Gondour est revenu, lui, Dieu merci. Bien plus tard.

Nandeau sut immédiatement ce qui lui était arrivé. Il se souvint des larges cicatrices sur les bras de son père, de la balafre qui lui barrait le visage et de celle qui parcourait l'arrière de son crâne, légèrement enfoncé, là où

Chercher les derniers guerriers

les cheveux poussaient mal. Il y avait aussi ces grimaces de douleur qu'il tentait de lui cacher, quand il portait trop lourd.

– Il a été blessé, dit-il tout bas.

Elle acquiesça, l'œil sombre.

– Brisé, même. Mais il est revenu.

Nandeau la rejoignit. Ils s'assirent côte à côte devant le feu. Des lames bleutées passaient dans les fins sillons d'écorce et s'assemblaient pour monter en flammèches jaune vif. Ils se laissèrent absorber et respirèrent à l'unisson.

– Ta mère l'a cherché, tu sais, longuement.

– Maman ?

Ce mot lui avait échappé. Noune le regarda avec intensité. « Maman. » C'était la première fois qu'il prononçait cela. Combien ces deux syllabes lui parurent douces et chaudes ! Il aurait aimé le dire plus, l'adresser à quelqu'un. C'était la première fois qu'il ressentait le manque de cette mère qu'il n'avait pas connue.

Noune sourit tristement.

– Ta maman, oui. Quelques villageois sont allés au château féliciter les vainqueurs, mais les portes sont restées closes, comme les bouches des chevaliers. Aucun n'a voulu raconter la bataille. Le seigneur Galondran s'était contenté d'envoyer un messager prévenir qu'ils avaient vaincu, comme s'ils avaient honte de ce qui s'était passé.

— À son retour, mon père ne t'a rien expliqué ?

— Je l'ai interrogé une seule fois, et son regard m'a fait comprendre que c'était une fois de trop.

— Et ma mère ? Comment a-t-elle vécu le retour des chevaliers sans lui ?

— Je me le rappelle comme si c'était hier. Elle n'a pas dit un mot, d'abord, elle est restée immobile. Ses yeux brûlants ne cillaient pas, ses mains s'ouvraient et se fermaient spasmodiquement. Puis elle a regagné sa maison. Elle sortait tous les jours et faisait les cent pas à la lisière du bois dans sa grande cape brune. Elle ne parlait toujours pas, son regard était si dur ! Les gens ont commencé à la comparer à un animal sauvage. Elle nous faisait peur. Au bout de quelques semaines, nous avons remarqué qu'elle paraissait toujours essoufflée en rentrant chez elle, au soir. Son visage était plus rond, aussi. Ce sont les femmes du village qui ont été les premières à comprendre qu'elle était enceinte.

Noune lui sourit chaleureusement et posa une main sur son épaule.

— De toi. Elle rôdait comme un animal en cage et nous connaissions tous celui qu'elle espérait voir revenir. Mais ton père manquait toujours, et nous nous disions à mots couverts que, un matin, nous allions la retrouver morte d'épuisement, dans le grand champ ou ailleurs.

Noune fixa Nandeau avec intensité.

– Mais c'était sous-estimer ta maman. Un matin, elle n'était plus là. Les femmes avaient compté : il ne lui restait que peu de temps avant d'avoir son petit. Alors, les rumeurs sont montées derrière les rideaux : on disait qu'elle était partie chercher un homme pour s'occuper d'elle et de son enfant, ou qu'elle avait perdu la tête pour de bon et était allée se perdre parmi les bêtes sauvages pour y mourir. On a imaginé qu'elle avait été enlevée ou tuée par un vagabond, par Tourkoul peut-être. Mais tous se trompaient. Elle était simplement partie chercher ton père, et leur nom à tous deux s'est peu à peu éteint dans les conversations. On tournait bien la tête encore de temps à autre vers la forêt, mais c'était comme un réflexe. Quand le blé est monté, chacun avait oublié Gondour et ta maman. Du château du seigneur Galondran non plus, nous n'avions aucun signe. Personne n'y entrait ni n'en sortait. Et puis...

Elle parut réfléchir un moment.

– ... Et puis, un matin, alors que nous récoltions le blé en chantant, un homme est sorti du bois. C'est un cri qui nous a alertés, faisant tourner la tête à chacun d'entre nous, stoppant les enfants dans leurs jeux. Ton père était là, hébété, presque méconnaissable. Un cri aigu sortait du manteau qui le couvrait. Deux femmes ont aussitôt compris ce qui se passait, et se sont précipitées vers Gondour, mais son regard les a tenues à distance.

Elles se sont alors immobilisées, comme si elles avaient été giflées. Ton père a traversé la foule des villageois et a demandé une nourrice pour l'accompagner chez lui et s'occuper de son enfant.

Noune regarda Nandeau un long moment et lui dit en souriant :

– Je ne pourrais pas t'expliquer pourquoi, mais j'ai senti que ton cri, ton cri de bébé, m'était adressé. Ton ami Rubah a dû t'entendre, lui aussi...

– C'est ce jour-là que tu es venue vivre avec nous, alors ?

– Non, ça ne s'est pas fait tout de suite. Je te nourrissais et faisais quelques rapides allers-retours entre la maison et le village pour rapporter quelques affaires et parler avec mes amis, car ton père ne disait rien, il était d'une maigreur effroyable. Il a été fiévreux des mois durant, ne mangeant que le strict minimum pour rester en vie. C'est pour toi qu'il a survécu. Ses yeux étaient deux puits de tristesse et de souffrance où je n'osais pas m'aventurer. C'est pour cela que je me rendais au village, pour fuir le silence et la douleur de ton père.

Elle soupira.

– Sa longue convalescence l'a sans doute sauvé car, pendant que je m'occupais de lui, d'autres batailles ont eu lieu. Le seigneur Galondran et ses chevaliers

Chercher les derniers guerriers

écumaient les terres voisines. Ils pillaient, tuaient, sans jamais faire aucun prisonnier. J'ai cru tout d'abord qu'ils avaient pris goût au sang. Je me trompais.

Nandeau bâilla et Noune lui entoura les épaules.

– J'aurai bientôt fini, rassure-toi.

Il mit sa tête dans le cou de Noune et dit tout bas :

– Non, non… Continue, s'il te plaît.

– Ils étaient devenus les esclaves de Tourkoul, ou plutôt des larmes d'Avalombres qu'il leur fournissait deux à trois fois par saison. La première nuit de Grand Sang a eu lieu pendant une longue absence de Tourkoul. Ce soir-là, les chevaliers sont sortis du château comme des diables et ont tué bétail et bêtes sauvages, tout ce qui passait à leur portée. Le lendemain, Tourkoul leur a apporté les larmes, leur ordonnant d'aller combattre un seigneur voisin. Galondran et ses chevaliers étaient à sa merci, ils savaient ce qui les attendait s'ils refusaient de lui obéir.

Nandeau revit les visages au milieu de la clairière, les bouches comme des puits de douleur, les grognements inarticulés, la folie dans leurs yeux.

– Le sang les apaisait un temps, poursuivit Noune, juste assez pour tenir jusqu'à la venue de Tourkoul. Déjà, il savait les faire attendre, leur rappeler qui était leur maître.

– Pourquoi fait-il cela ?

Les larmes des Avalombres

– Pourquoi ? Pour le pouvoir, bien sûr. Avant les larmes, il n'était rien. Sans elles, il serait mort de faim ou de froid, et personne ne se serait souvenu de lui.

Au bord du piège

— Et mon père ? demanda Nandeau à Noune. Parle-moi encore de lui.

— Les plaies de Gondour ont guéri, mais le manque le rongeait. Certaines nuits, il gémissait dans ses rêves et se tordait de douleur en se tenant le ventre. Combien de fois ai-je sursauté en l'entendant hurler ? Il sortait alors chercher l'air, comme une bête aux abois. Sa propre férocité l'effrayait.

— Alors, c'est pour ça qu'il a fui, l'autre nuit… dit Nandeau à mi-voix. Par peur de lui-même.

Elle acquiesça en évitant le regard de l'enfant.

— Je croyais qu'il partait parce qu'il avait peur de la nuit de Grand Sang.

— Non, il part lorsque la folie qui ronge les chevaliers les pousse au carnage. La rage les habite et les mène vers le sang. Ton père a toujours refusé de tuer, je l'ai même vu une nuit défendre un loup blessé face à un chevalier. La bête à l'agonie était entre les deux hommes, juste là, devant l'entrée. Gondour menaçait son ancien ami avec une fourche, mais le combat le plus rude, c'est avec lui-même qu'il le livrait, car sa main, elle aussi, voulait le sang du loup. Le chevalier a fini par s'en aller. Par la suite, ton père a tout fait pour soigner le pauvre animal, mais il est mort dans la nuit, et Gondour l'a enterré derrière la maison.

– Mais où papa est-il parti ? Où est-il allé, cette fois-ci ?

Noune secoua la tête et se leva. Elle tendit la main à Nandeau :

– Loin, sans doute. Où il sait qu'il ne risque de faire de mal à personne.

Nandeau ne parvenait plus à penser, ses yeux se fermaient d'épuisement. Pourtant, un nom revenait à son esprit, un nom et un rire. Il le savait, il lui faudrait rencontrer à nouveau celui qui pourrait le guider vers son père. Il manquait encore de nombreuses pièces au puzzle, et seul Tourkoul était capable de les lui fournir. La fatigue était une couverture lourde posée sur le feu de sa colère. Il marcha jusqu'à sa chambre comme un somnambule et s'endormit sans même s'être dévêtu.

Lorsqu'il ouvrit les yeux, il dut les cacher de sa main, car le soleil était déjà haut dans le ciel. Il bondit de son lit et, dans la salle, trouva Noune en train de peler des légumes.

— Comment as-tu dormi ? lui demanda-t-elle.
— Bien.
Ils se tenaient l'un près de l'autre, sans trop savoir quoi se dire.
— Je dois sortir… finit par murmurer Nandeau.
Noune n'était pas dupe. Elle savait que les pas du garçon le conduiraient vers Tourkoul. Comment d'ailleurs aurait-il pu en être autrement ?
— Le faut-il vraiment ? reprit-elle avec gravité.
— Oui.
— D'accord, répondit-elle après quelques secondes. Mais fais attention. S'il t'arrivait quelque chose…
Ses mains tremblèrent devant sa bouche.
— … je le tuerais !
Nandeau protesta :
— Mais je ne pars que pour quelques minutes, je ne vais pas loin… Que vas-tu t'ima… ?
Noune l'interrompit, très pâle. Elle ancra son regard dans celui du garçon.
— Que Rubah vienne avec toi ! Il a un instinct que nous n'avons pas. C'est pour cela que l'autre le hait.
Elle ajouta :
— Mais qu'il soit prudent, lui aussi.
Elle sourit tristement en approchant la main de la joue de Nandeau :
— Mon petit garçon…

– Je ne suis plus un petit garçon, dit fermement Nandeau.

– Oh, si ! Et même quand tu auras les cheveux blancs, tu le seras toujours pour moi.

Elle se retourna et ce fut comme s'il se trouvait déjà face à Tourkoul.

– Prends de quoi manger, au moins, avant de sortir.

Il attrapa une pomme et une poignée de noix décortiquées.

– Et surtout, reviens vite.

Il ouvrit la bouche, mais les mots ne purent s'extraire de sa gorge sèche. Alors il se contenta d'un geste vague et, dans la crainte que Noune veuille soudain le retenir, ferma précipitamment la porte derrière lui.

Rubah n'était pas en vue. La forêt bruissait doucement, les cimes des mélèzes murmuraient dans le vent. L'enfant resta un moment immobile sur le perron, comme dans un bain tiède. Le premier mouvement le glacerait tout entier. Pourtant, il fallait se mettre en marche. Il n'avait pas bu aux larmes, lui, il se savait au bord d'un piège terrible. Il chercha autour de lui et se retint d'appeler son ami. Sans doute était-il dans quelque taillis en train de le surveiller. Fallait-il vraiment exposer le renard à Tourkoul ?

Son sang se glaça. Si Rubah ne se montrait pas, c'était sans doute que Tourkoul était proche. Il se sentit alors soudainement pris sous son regard moqueur et crut entendre un grincement désagréable dans les fourrés. Ramassant un bâton, il se retint de le lancer. Ses poings se serrèrent : de peur, mais aussi de colère. Il enrageait d'être la proie de l'ignoble individu qui avait condamné tant d'hommes à dépendre de lui.

Il accéléra malgré la profondeur du tapis de feuilles et les ronces qui lui entravaient les jambes. Il aurait tant aimé pouvoir éviter le regard de Tourkoul, sa voix de miel empoisonné, son rire et ses mensonges ! Face à lui, Nandeau devait retenir ses mots, éviter d'entrer dans son jeu et rester sur le qui-vive. C'était épuisant d'être le jouet d'un maître. Noune l'avait bien dit : il était un petit garçon, et Tourkoul le lui faisait remarquer à chaque regard.

Il jeta le bâton par terre et dit tout haut :
– Allez ! Qu'on en finisse !

Le chat et la souris

À nouveau, le grincement se fit entendre. Pourtant, Nandeau ne vit rien avant d'arriver près du puits d'eau. Les ombres des arbres dansaient mollement dans un lent vertige, mais aucun bruit ne montait, pas une feuille ne bougeait au sol.

Cette fois, le garçon ne se déchaussa pas, ne s'assit pas au bord du puits. Il resta debout, aux aguets, évitant toutefois de tourner la tête en tous sens pour ne pas montrer son anxiété, car l'ennemi était là, il le savait. Il dressa l'oreille, guettant les buissons d'où Rubah avait l'habitude de sortir. Un mouvement le mit en alerte, et son cœur bondit d'espoir. Son ami lui manquait, il avait besoin de réconfort, des douces moqueries du renard. Alors, il fit un pas en avant. Mais quand les buissons s'écartèrent, ce fut le sourire de Tourkoul qui entra dans la clairière.

Devant la mine pétrifiée de Nandeau, le visage de l'homme se voila d'une tristesse théâtrale :

Le chat et la souris

– Tu sembles déçu, mon garçon… Sans doute ne suis-je pas celui que tu attendais.

Puis, soudain, il rayonna.

– Moi, vois-tu, je suis très heureux de te revoir. J'ai beaucoup pensé à toi ces derniers jours.

Tourkoul s'approcha de Nandeau sans que ses yeux le quittent. Le garçon se sentit redevenir proie.

Alors, il leva le bâton, et Tourkoul s'arrêta à quelques pas de lui, l'air chagrin :

– Oh ! tu me menaces ? Moi ? Ton ami ?

– N'approchez pas ! Vous… vous me dégoûtez !

Tourkoul pencha la tête et son sourire s'agrandit. Il dit d'une voix chantante :

– Toi, tu sais des choses…

– Beaucoup, oui. Sur vous, sur le seigneur Galondran, sur ce que vous avez fait aux chevaliers et à mon père ! C'est à cause de vous qu'il est parti.

– C'est une question de point de vue, Nandeau. Tout n'est qu'une question de point de vue. Vois-tu, pour certains, un renard est un nuisible, pour d'autres, un ami.

Nandeau tendit un doigt tremblant vers Tourkoul.

– Je vous hais ! Vous les avez tous empoisonnés et, maintenant, vous les utilisez pour régner sur un territoire toujours plus grand.

Un éclair jaillit dans l'esprit de Nandeau.

– Mais… C'est vous… C'est vous qui avez tué le fils d'un chevalier dans la forêt ! Vous avez fait croire qu'il s'agissait d'un meurtre commis par le seigneur d'un autre territoire, mais c'est vous qui l'avez tué ! Pour les piéger. Vous les avez poussés à la guerre avec le seigneur voisin !

Tourkoul balaya ses propos d'un geste de la main.

– De l'histoire ancienne… Mais il faut avouer que ces querelles ont agréablement servi mes intérêts. Sans doute connais-tu l'adage « Diviser pour mieux régner » ? Je me suis délecté à les regarder s'entretuer.

Tourkoul sourit, les yeux dans le lointain. Il haussa les épaules et dit d'un ton faussement désolé :

– Crois-moi, Nandeau, tuer ce pauvre garçon ne m'a pas réjoui, mais il fallait cela pour accéder à mon destin.

– Alors, les seigneurs ennemis disaient vrai… Ils n'y étaient pour rien !

Tourkoul baissa la tête sans parvenir à retenir un sourire.

– J'irai tout raconter au seigneur ! dit Nandeau, révolté. Et aux chevaliers !

Les yeux de l'homme entrèrent alors comme des flèches de feu dans ceux de Nandeau.

– Tu n'en feras rien, dit-il d'une voix de fer. Et quand bien même ils sauraient, qu'est-ce que cela changerait ? Ils ont besoin de moi. Ça aussi tu l'as compris ! Les

Le chat et la souris

as-tu regardés, Nandeau ? Je veux dire, les as-tu *vraiment* observés, ces « splendides » chevaliers cuirassés, paradant sur leurs chevaux lavés à l'eau tiède ? As-tu remarqué leur suffisance, cette certitude que tout leur appartient ? Terres, bois, animaux, forêt, humains ? Cette incroyable et répugnante certitude de tout posséder ! L'as-tu lue sur leurs visages bouffis d'orgueil ?

– Ils ne sont pas tous comme ça ! Mon père est un homme bon, lui ! Il l'a toujours été.

Tourkoul sourit.

– Quelle objectivité un fils peut-il avoir par rapport à son père ? Il était lui aussi de la caste écœurante de ces arrogants qui faisaient fuir mes proies en riant. Et moi, j'étais de ceux qui n'ont pas de nom, pas de feu, pas de toit, de ceux qui se battent et tuent pour les restes d'un lièvre. J'aurais dû être dévoré par les loups. Mais j'ai eu de la chance.

Ses yeux brillèrent. Ses pupilles se dilatèrent.

– Une nuit, affamé, je me suis écroulé d'épuisement en forêt. Au réveil, j'ai remarqué une pierre à côté de moi. À mon grand étonnement, je l'avais cassée et il y avait un liquide à l'intérieur. J'étais assoiffé, alors j'ai bu.

Il émit un long soupir et ajouta d'une voix joyeuse :

– Cette force, soudain, en moi ! Jamais je ne m'étais senti aussi vigoureux. J'étais... invincible ! À cette minute, j'ai su que je ne manquerais jamais plus de rien. Ces chevaliers et leur seigneur, qui m'ont toujours regardé comme le pouilleux, le crasseux, j'allais bientôt les voir s'avilir à mes pieds. Désormais, j'allais être le maître, *leur* maître... même si je ne le savais pas encore. Et aujourd'hui... Ha ! si tu voyais leurs yeux quand j'entre dans le château avec les larmes ! Alors, ils sont mes chiens. Un jour, ils auront disparu : j'y œuvre. On les oubliera, comme une mauvaise maladie. Ils sont déjà moins nombreux chaque année. Et chaque année, je deviens plus puissant.

– Vous voulez devenir roi ? articula Nandeau, incrédule.

Tourkoul fit une révérence grotesque.

– Pour te servir...

– Vous avez tué les Avalombres, vous vous êtes servi de leur peau.

Tourkoul eut l'air perplexe. Il se frotta le menton et dit :

– Nandeau, en as-tu vu un seul, de ces fameux Avalombres ?

– Non, reconnut-il, vaguement embarrassé.

– Alors comment peux-tu les regretter ? À quoi servaient ces monstres ? Autant les utiliser pour ma juste cause, qu'en dis-tu ?

– Vous êtes écœurant.

Le chat et la souris

— Écœurant, monstrueux… Ou bien chanceux, admirable, malin. Question de point de vue, je te l'ai dit !

Nandeau regarda le cou de l'homme.

— Crois-tu que je ne vois pas dans tes yeux à quoi tu penses ? dit Tourkoul, amusé. Mais allons… Me tuer, moi ? N'y pense pas ! Tu condamnerais ton père, et tous les chevaliers avec. Moi seul sais où trouver les larmes d'Avalombres qui leur sont nécessaires.

Malgré la haine qui brisait les digues de sa raison, Nandeau se souvint des paroles de Rubah. Il se tut. Et ce silence, un instant, surprit Tourkoul, qui dit d'une voix sucrée :

— Ton père est parti chercher les larmes lui-même, mais il ne les trouvera jamais.

Nandeau serra les lèvres. Tout son corps, tendu, luttait contre l'envie d'anéantir cet être misérable qui semblait se nourrir de sa détresse.

— Il n'est pas parti pour ça, il s'est éloigné pour ne pas verser de sang, lui lança Nandeau.

— Tu es naïf, mon jeune ami. Ton père *rêve* de boire à nouveau aux larmes. Mais j'ai pris soin de les cacher en lieu sûr.

Il se massa les genoux en grimaçant.

— Si tu permets, je vais m'asseoir un peu. Mes vieux os me font souffrir.

Il s'assit et plongea ses pieds tout chaussés dans l'eau bleue, avec un soupir d'aise.

– Ah ! c'est divin ! Fais-en autant, ta colère s'apaisera et tu verras les choses différemment. Fais-toi ta propre opinion, et méfie-toi toujours de ce qu'on te raconte.

– C'est de vous que je me méfie, le coupa Nandeau.

Tourkoul posa la main sur son cœur.

– Touché ! Quelle ingratitude… Moi qui t'ai sauvé la vie l'autre nuit !

– Arrêtez de jouer !

L'expression qui se peignit sur le visage de Tourkoul éteignit les mots de Nandeau. L'homme venait de poser le masque. Le regard dur, implacable, il ne souriait plus.

– Très bien, cessons d'être courtois, siffla-t-il.

Tourkoul se frotta les mains et les frappa l'une contre l'autre dans un claquement sec qui fit sursauter Nandeau. Quelque chose bougea dans les taillis.

– Ton renard. Je le tuerai quand j'en aurai l'occasion. Mais pas toi, pas tout de suite, car tu m'es nécessaire.

Il dévisageait Nandeau en prenant son temps. Le garçon tentait de rester de marbre, mais tout son corps tremblait de rage et de peur.

– Tous les Avalombres ne sont pas morts. Il en reste un, quelque part. Il y a bien longtemps, quand je buvais une de leurs larmes, mes sens étaient décuplés. Mon corps était si incroyablement vivant ! Et autre chose, plus merveilleux encore : j'entendais distinctement le cœur des Avalombres. Ce cœur que j'allais éteindre... Mais à force de boire encore et toujours plus, tout ça s'est émoussé. Depuis longtemps, mon lien avec les géants est rompu. Et maintenant qu'il n'en reste plus qu'un, je n'arrive plus à le localiser avec précision.

Il fixa des yeux de braise sur Nandeau.

– Or il me faut le dernier Avalombre.

– Pourquoi ? demanda Nandeau.

– Ça, ça ne te regarde pas, répondit Tourkoul avec un regard par en dessous.

Il remua les pieds dans l'eau, et son visage s'illumina soudain. Il ferma les yeux et dit avec un sourire béat :

– Quelle douceur, cette eau ! Une bénédiction !

Il se détourna de Nandeau comme un chat laisse imaginer un instant à une souris qu'elle pourrait s'en sortir, avant de lui donner le coup de grâce.

– Faisons un pacte, dit-il en se frottant les mains.

Nandeau eut un geste de recul, que perçut le petit homme.

– Ne sois pas sot. Cette fois, ton père ne reviendra pas si je ne t'aide pas. Il est trop vieux, trop las, trop écœuré de sa propre dépendance.

Tourkoul disait la vérité : l'enfant le savait depuis la nuit où il avait vu partir Gondour.

On pouvait entendre le clapotis délicat produit par les pieds de Tourkoul dans les flots.

– Ton père n'est plus que l'ombre de lui-même. Si tu veux l'aider, il faut lui donner accès aux larmes. Je t'en fournirai. Assez pour qu'il ne souffre plus jusqu'à la fin de ses jours.

– Que voulez-vous, en échange ?

– Je te l'ai dit. J'ai besoin de toi pour trouver l'Avalombre.

– Pourquoi moi ? Comment voulez-vous que je sache où il est ?

Tourkoul le regarda en coin, tendit le doigt vers lui et dit sur un ton de réprimande :

– Tu es différent. Tu entends les autres bêtes parler.

Nandeau rougit. Tourkoul haussa les sourcils et éclata de rire.

– Hé oui ! Vous êtes bavards avec ton ami, figure-toi ! Vos conversations ne m'ont guère échappé. Je saurai te faire entendre l'Avalombre.

Tourkoul s'agenouilla, se lava les mains et plongea la tête dans l'eau. Ses longs cheveux s'étalèrent en une auréole sombre. Nandeau aurait pu le pousser et le frapper jusqu'à ce qu'il flotte, inerte… Mais Tourkoul jouait encore à le tenter. Il finit par lever la tête, les cheveux ruisselants.

– Merveilleux !

Le chat et la souris

L'eau dégoulinait à présent sur le visage de Tourkoul. Il ferma les yeux et dit d'une voix gaie :

— Il te suffit de boire une larme pour entendre sa voix.

Le cœur de Nandeau cessa de battre.

— Oui, je sais, le coup est rude, mais il n'y a pas d'autre solution. Et puis, tu verras, ce n'est pas si terrible.

La terre parut s'ouvrir sous les pieds de Nandeau, et un vertige immense l'envahit. Ses jambes cédèrent. Il vit la bouche béante des chevaliers, leurs yeux rougis par la douleur et la folie, le loup mort. Il recula en titubant.

— Réfléchis bien, mon enfant, continua Tourkoul. Demain tu viendras me donner ta réponse. Et tu me diras oui, car tu es intelligent et profondément attaché à ton père. Va, maintenant, la nuit porte corneilles.

Nandeau s'enfuit, courant comme un possédé, les mains sur les oreilles, giflé par les branches des mélèzes. Le rire grinçant de Tourkoul le suivit longtemps.

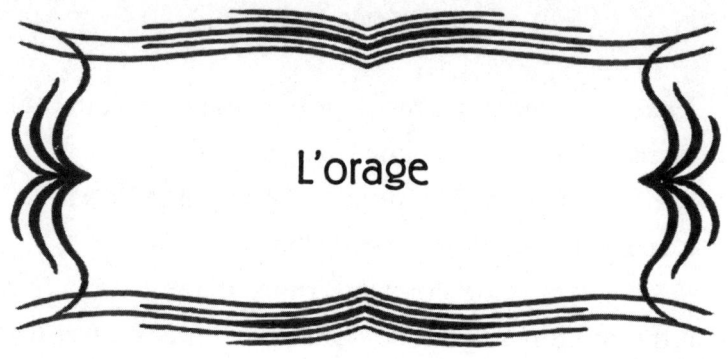

L'orage

Lorsque le renard sauta sur le rebord de sa fenêtre, Nandeau se retint de le prendre dans ses bras.

— Tu m'as manqué, Rubah !

— Tu étais pourtant en bonne compagnie…

— As-tu entendu ce qu'il a dit ?

— Bien sûr. Ce diable m'a fait sursauter dans les taillis en frappant dans ses mains. Je me suis traité trente et une fois de poule sans tête.

— Il veut te tuer.

— Je sais, oui. Et j'en suis flatté.

— Que penses-tu de sa proposition ? demanda Nandeau, regardant droit dans les yeux noisette de son ami.

— Eh bien, pour être tout à fait honnête, je suis à la fois terrifié et fort joyeux.

— Joyeux ?

— Oui, je me réjouis que Tourkoul ait besoin de toi, même si, je le concède, ce qu'il te demande est effrayant.

L'orage

Il soupira et reprit :

— Mais ce qui me fait blanchir le poil est que tu ne suivras pas davantage mon conseil que la dernière fois et que tu boiras aux larmes malgré mon avis.

Il ajouta en soupirant :

— Et le pire est que je resterai à tes côtés, quoi qu'il arrive. Avec toi, partout et toujours. L'amitié est parfois une malédiction !

Le renard s'assit si près de lui que Nandeau sentait la chaleur de son pelage.

L'enfant prit Rubah dans ses bras. Le renard ferma un instant les yeux et se laissa aller contre son ami, puis il déclara sévèrement :

— Bien ! Assez de sentimentalisme, tu sais combien je déteste les marques d'affection. Je suis un renard, pas un lapin domestique.

Nandeau rit en s'essuyant les yeux.

— J'ai eu tellement peur d'être seul dans ce qui m'attend.

Le renard le regarda sévèrement.

— Je vais paraître insistant, Nandeau, mais tu ne *dois pas* boire aux larmes !

Nandeau sourit tristement.

— Je n'ai pas le choix, Rubah. Je veux retrouver mon père.

— J'aimerais avoir l'esprit terre à terre des loups et te dire qu'il faut sacrifier le plus ancien pour laisser vivre les jeunes…

– Mais tu n'es pas un loup et tu aimes mon père, toi aussi.

Rubah acquiesça.

La pluie commença comme une douce mélodie jouée par des doigts d'enfant sur une table. Puis elle accéléra, et le son enfla dans la pièce. Rubah regarda le ciel bleu-noir et soupira.

– Je déteste avoir le poil mouillé.

Le vent gifla la vitre qui se couvrit de fines lignes obliques.

Rubah baissa les oreilles.

– Et le vent, à présent ! Il ne manque plus que l'orage.

Un roulement lointain enfla et s'approcha doucement. Le renard mit son museau entre les pattes et gémit :

– Nous y voilà !

L'orage glissa sur le flanc des collines qui marquaient les limites du territoire que connaissait Nandeau. Il suivit les combes, hésita un temps au-dessus des champs, à l'ouest du village, et s'éloigna peu à peu. Sa lumière clignotant toujours plus faiblement, jusqu'au silence.

Nandeau aurait voulu que la tempête passe sur lui et le lave de tous les doutes et de toutes les peurs qui l'avaient envahi en si peu de jours.

Autrefois, quand un orage se faisait entendre, son père le prenait dans ses bras et ils allaient s'asseoir sur le perron, à l'abri. Ils suivaient alors la progression de la

L'orage

tempête, souriaient aux éclairs, comptaient les secondes entre la lumière et le bruit du tonnerre pour estimer la distance. La foudre qui traversait le grand vide noir de la nuit terrifiait Nandeau autant qu'elle le fascinait. Mais les souvenirs d'orages étaient surtout liés au bonheur d'être dans ces bras rassurants quand le vent s'engouffrait dans les hauts sapins. Son père lui manquait terriblement.

Peut-être l'orage était-il au-dessus de Gondour, à cet instant. Où se trouvait-il ? se demandait Nandeau. Pensait-il à lui ?

– Tu n'es pas le premier enfant à qui Tourkoul demande de boire, dit Rubah. Il y en a eu bien d'autres avant toi.

Les yeux du garçon s'agrandirent. Rubah le fixa et lui dit encore sans ciller :

– Aucun n'a trouvé le dernier Avalombre. Pas plus qu'ils n'ont retrouvé les bras de leurs parents. Ils sont restés dans les bois. Tous. Pour toujours.

Les nuages glissèrent. Une étoile brillait.

– Mais pourquoi le veut-il, cet Avalombre ? demanda Nandeau. Il n'a pas voulu me répondre.

– Tourkoul ne peut cacher qu'une seule chose : ce qui l'affaiblit. Je ne sais pourquoi il lui faut le dernier Avalombre, mais il le cherche avec une telle obsession que son existence doit le menacer, d'une manière ou d'une autre.

Les larmes des Avalombres

– As-tu déjà vu un Avalombre, toi ? demanda Nandeau.

Rubah acquiesça.

– À quoi ressemblent-ils ?

– Ils sont impressionnants, mais ce ne sont pas des monstres, répondit-il, avant de bondir dans le crépuscule. Le monstre, tu l'as rencontré.

Nandeau devina la forme d'un oiseau découpée un moment sur le ciel. Une corneille, plus noire que la nuit.

Fermant les yeux, il vit derrière ses paupières l'image de Tourkoul creusant des trous dans la forêt, pour y enterrer les enfants. Il eut un frisson de dégoût en se disant qu'il avait sans doute marché bien des fois sur des tombes. Luttant contre la peur, il serra les dents et prit sa décision : il partirait en quête de son père. Et il ne boirait pas aux larmes.

La plus sombre des nuits

Nandeau alluma sa bougie au pied de son lit. Noune vint l'embrasser.

– Ne t'inquiète pas pour ton père, murmura-t-elle. C'est un homme courageux et expérimenté, plein de ressources. Il reviendra, j'en suis certaine.

Le menton de Nandeau se mit à trembler, mais il refoula ses pleurs. Le silence était si absolu dans la maison qu'il alla ouvrir la fenêtre. Dehors, l'absence de bruit était plus impressionnante encore. Il contempla les étoiles entre les branches des arbres. Ils étaient totalement dépourvus de feuilles, mais leurs branches grouillaient d'une étrange vie noire.

Nandeau se frotta les yeux, mais l'impression ne s'atténua pas. Alors, quelque chose se jeta sur son visage. Il se protégea avec les mains, comme il le pouvait. Des bruits de plumes. Un bec lui piqua le crâne et les joues, des serres lui lacérèrent les bras. Le bec, épais, cherchait ses yeux. Il se débattit, heurta son lit, tomba et parvint à frapper le volatile qui s'abattit sur le sol de sa chambre avec un bruit de plumes froissées et de serres griffant le bois. C'était une corneille. Elle se redressa sur ses pattes, une aile raide, sans doute cassée, frottant le parquet. Elle le fixait avec des yeux d'un bleu lumineux.

Le cœur de Nandeau battait fort. Il se passa la main sur le visage. Il ne saignait pas.

– Va-t'en ! cria-t-il à l'oiseau.

– Réfléchis bien, mon garçon, dit la corneille avec une voix éraillée, on ne dit pas non à Tourkoul.

L'oiseau, en quelques bonds maladroits, s'approcha de la fenêtre, sauta sur le rebord et bascula dans l'obscurité.

Les arbres se vidèrent de milliers d'oiseaux noirs en un nuage de ténèbres bruissantes.

Nandeau ferma son volet précipitamment. Le silence, angoissant, envahit aussitôt la pièce.

Il ne trouva pas la moindre trace de griffure sur ses bras, aucune plume sur le sol.

Son cœur commençait à se calmer, lorsqu'il entendit un bruit dehors. Une respiration. Ce n'était pas son ami, mais quelque chose de bien plus grand.

Il attendit, pétrifié.

On toqua au volet.

La plus sombre des nuits

Il ne bougea pas. Il ne le pouvait pas.

Le vantail s'ouvrit doucement sur un homme au visage très pâle, aux cheveux gris, à la barbe hirsute, au regard épuisé, maigre, vacillant, fragile.

— Messire Galondran ? demanda Nandeau.

— Il m'a donné ça pour toi, dit l'homme en posant un mouchoir noué sur le rebord de la fenêtre. Je suis désolé, mon garçon.

Le chevalier n'avait plus rien à voir avec celui que Nandeau avait rencontré dans la clairière.

L'enfant pensa immédiatement à son père. Il lui était arrivé quelque chose ! Il était mort, ou à l'agonie.

— Accepte, dit l'homme. Fais ce que t'a dit Tourkoul. Bois.

Des larmes coulaient sur ses joues.

— Vous avez voulu me tuer dans la clairière, pourquoi ferais-je ce que vous me dites ?

L'homme baissa la tête et murmura :

— Nous sommes fous, mon enfant. Il a fait de nous ses esclaves. Il est le maître, à présent. Ton père est un homme bon et honnête, le dernier. Nous payerons cette maudite victoire jusqu'à la fin de nos jours. Tourkoul est l'unique vainqueur.

— Vous avez tué les Avalombres ! Comment avez-vous pu… ?

— Et combien il nous en a coûté !

– Où sont-ils ? Où sont les Avalombres tués ? Vous n'avez rapporté que les peaux pour faire vos armures !

– Ils ont un cimetière, loin, au fond du monde. C'est là que leurs corps gisent.

Les yeux du seigneur brillèrent. Il ajouta tout bas :

– Aide-nous, fils de Gondour, toi seul le peux. Si tu ne permets pas Tourkoul à trouver l'Avalombre, il ne nous fournira plus en larmes.

Il reprit :

– Et c'est le prix à payer pour revoir ton père.

Nandeau ferma un instant les yeux. Quand il les rouvrit, il était seul.

Ses mains tremblaient. La peur glaçait le sang dans ses veines. Il aurait voulu que son père le prenne dans ses bras et le berce doucement.

Il serra ses genoux et se balança d'avant en arrière.

Puis il regarda à nouveau vers la fenêtre, et son cœur bondit. Il n'y avait plus que le mouchoir posé sur le rebord. Galondran était parti.

Nandeau se leva, prit prudemment le mouchoir noué et l'ouvrit du bout des doigts. Il le lâcha immédiatement et mit sa main sur sa bouche pour étouffer un cri.

Une oreille de renard gisait sur le sol, coupée net.

Il suffoqua. Il éteignit la bougie et se cacha sous sa couverture, roulé en boule.

– Papa... papa, chuchota-t-il.

La plus sombre des nuits

Un bruit le réveilla soudain. La visite de messire Galondran... Il l'avait rêvée ! Le mouchoir noué aussi. Et la corneille ? Combien de temps avait-il dormi ?

Il écoutait sans respirer.

Des pas, discrets, autour du lit. Et l'odeur forte d'une bête.

Dormait-il encore ? Soudain, la voix métallique, grinçante, murmura derrière la couverture, à quelques centimètres :

– Maintenant, tu peux te rendormir, mon garçon. Nous ferons de grandes choses ensemble, je te l'ai dit !

Il y eut un long silence, pendant lequel Nandeau se demanda si le visiteur n'était pas parti. Puis, tout près de son oreille :

– ... Mais ne me trahis jamais, ou tu finiras dans le ventre de la forêt.

Les pas s'éloignèrent, et le silence engloutit à nouveau la pièce.

Lorsqu'il s'éveilla pour de bon, Nandeau était couché tout habillé. Il faisait encore nuit. L'oreille par terre avait disparu. La fenêtre était fermée.

Il ne ressentit ni peur ni joie, seulement un immense vide, une fatigue écrasante. Il ne restait plus de choix, plus de fuite possible, tout était joué. Il lui fallait boire.

Une larme
à la bouche

Il mit ses chaussures et sortit par la fenêtre. Il se savait trop fragile pour résister aux questions que Noune n'aurait pas manqué de lui poser en voyant sa mine. Elle aurait insisté pour le garder avec elle.

Il marcha sans penser à rien, sans voir la forêt autour de lui. Il flottait, évitant les branches, les pierres et tout geste brusque qui aurait pu le sortir de sa torpeur. Les odeurs pestilentielles qui montaient de la terre n'étaient pas réelles. Cette lourde pierre était arrivée par hasard entre les racines d'un grand chêne. Nandeau refusait d'y voir une tombe d'enfant. Il voulait encore croire à un rêve. Il se réveillerait au matin, et le soleil l'éblouirait. Son père s'assiérait sur son lit, le coifferait avec ses doigts en le traitant de louveteau hirsute et lui dirait que le déjeuner est prêt. Puis ils iraient faire du bois, ne parleraient presque pas. Il n'avait pas assez profité de ces moments simples qui lui parurent lointains, révolus, inaccessibles.

Il entra dans la clairière sous le grand œil bleu du ciel. Il s'assit au bord du puits d'eau, ramena les genoux contre lui et attendit dans un silence cotonneux.

Une corneille passa au-dessus de lui en lançant son cri éraillé.

Un mouvement à côté de Nandeau le fit tressaillir.

Son ami sortit sa tête entre les buissons. Il avait ses deux oreilles bien dressées.

— Écoute-moi, Nandeau : ne bois surtout pas ! murmura-t-il.

— Sauve-toi, Rubah.

Le renard retroussa ses babines, plissa les yeux et disparut en quelques bonds.

Un instant plus tard, la voix de métal rouillé glaça le cœur de l'enfant :

— Tu as l'air fatigué, mon garçon. Aurais-tu passé une nuit difficile ?

Nandeau ne répondit pas.

— Alors ? As-tu *bien* réfléchi ? demanda Tourkoul d'une voix enjouée.

— Ça va. Finissons-en.

— Oh ! quelle détermination ! Cette force de caractère me plaît beaucoup, je dois te le dire.

Tourkoul sourit et posa délicatement un sac de cuir à terre. Nandeau blêmit. Tourkoul l'ouvrit en disant d'une voix flûtée :

– Voyons quelle merveille nous avons là pour mon précieux ami...

Les yeux de Nandeau ne purent quitter les deux mains qui écartaient les bords du sac avec des gestes mesurés. Tourkoul en sortit ce qui ressemblait à une grosse pierre grise, parfaitement ronde.

– Une larme d'Avalombre... ne put-il s'empêcher de murmurer.

– Hé oui ! La voilà, dit Tourkoul avec des yeux gourmands. C'est la tienne.

Il la tendit à Nandeau.

Le garçon était paralysé. Tourkoul se nourrissait de sa peur, mais autre chose grandissait en lui : la curiosité. Il savait que cette larme allait le transformer et lui donner un pouvoir immense, inconnu.

Nandeau se leva et prit la larme. Elle était si légère ! Il la secoua, mais rien ne bougea à l'intérieur.

– Sois doux... Tu as en main un objet très précieux, rare et fort convoité !

Nandeau creusa alors la surface avec son ongle. La larme n'avait que l'apparence d'une pierre : la matière qui la couvrait était fragile et cassante comme la coquille d'un vieil œuf. Il enfonça son doigt et agrandit la fêlure.

Une larme à la bouche

— Attention, n'en perds pas une goutte.

Lorsque le trou fut assez grand, Nandeau regarda Tourkoul. Il attendait, concentré.

— Je vais boire, mais d'abord, je veux que nous soyons d'accord sur les termes exacts du contrat.

— Bien entendu !

— Quand j'aurai bu, j'entendrai l'Avalombre. Je vous aiderai à le trouver. Vous me mènerez à mon père et vous nous fournirez assez de larmes pour qu'il ne souffre plus jamais.

— C'est parfaitement résumé.

— Et si je ne trouvais pas l'Avalombre, où m'enterreriez-vous ? Je ne me fais pas d'illusions, vous savez.

Tourkoul pencha la tête, se frotta le menton et répondit après un long silence :

— Ça ne sera pas la peine. Tu trouveras l'Avalombre, et je fournirai ton père en larmes, comme je l'ai toujours fait, malgré sa réticence. Il était peut-être plus résistant que les autres, mais il a fini par capituler à chaque fois devant ce que nul homme ne peut combattre longtemps : le désir et la douleur.

Nandeau regarda à l'intérieur de la larme. Quelque chose remua sous la surface du liquide noir, parcouru d'irisations dorées. Il la porta à la bouche.

— À la santé de ton père, murmura Tourkoul, les yeux mi-clos. À la santé du grand Gondour !

Nandeau trempa ses lèvres dans le liquide. C'était glacial. Ses lèvres furent instantanément insensibles. Le sourire de Tourkoul était si grand qu'il montrait ses dents jaunâtres. Quelque chose força la bouche de Nandeau. Fin, visqueux, volontaire et agile, ce qui se trouvait dans la pierre s'insinua entre ses lèvres comme un long ver. Les yeux de Nandeau s'ouvrirent de terreur. Ça filait dans sa gorge, serpentant opiniâtrement. Il tenta d'arracher la larme, mais ses lèvres étaient soudées à la coquille.

Tourkoul éclata d'un rire grinçant.

— C'est bien, mon garçon, tu as soif de pouvoir ! Bois ! Bois !

Nandeau tomba à genoux, sans parvenir à détacher sa bouche de la larme. La chose glissait doucement vers le fond de sa gorge, le fouillait. Nandeau voulut crier, mais sa bouche était scellée. Il étouffait.

La tête légèrement de côté, Tourkoul le regardait avec intensité.

— Ne sais-tu pas que dans les meilleures pommes se trouve toujours un ver ?

Puis il éclata de rire, saisit la larme et la retira d'un geste vif, arrachant la fine peau des lèvres de Nandeau qui cria de douleur. Tourkoul s'assit à côté de lui et dit, enjoué :

— Eh bien, tu vois, ça n'était pas si compliqué !

Nandeau toussa et demanda d'une voix éraillée :

Une larme à la bouche

— Qu'est-ce qui est entré dans ma bouche ?
— Le pouvoir, mon cher enfant, le grand pouvoir !

Il mit une main, petite mais puissante, sur le genou de Nandeau et serra.

Le garçon sentait quelque chose bouger dans son ventre, se tordre pour y chercher sa place.

Il grimaça de dégoût.

— Bien…, bien…, commença Tourkoul en se frottant les mains.

Il tapota plusieurs fois la tête de Nandeau qui, tout à l'attention de ce qui lui parcourait le ventre, ne fit pas un geste pour éviter les doigts répugnants.

— Tout à l'heure, je t'ai trouvé bien sûr de toi, plein d'une arrogance très déplacée. Je vais donc être très clair, afin que notre amitié repose sur une relation de confiance et d'honnêteté.

Il fit un grand sourire à Nandeau.

— Ta vie est entre mes mains, celles de ton père, de ta nourrice et du renard également.

Ses yeux devinrent deux perles noires. Nandeau frissonna.

— Certes, j'ai besoin de toi, aujourd'hui plus que jamais, mais tente de me trahir et je tue tous ceux que tu aimes.

Nandeau mit une main devant sa bouche. La nausée passa lentement.

– Oui, ce n'est pas aussi bon qu'une gelée de framboise. Mais tu t'y feras, avec le temps.

Tourkoul se leva.

Une nuée de papillons bleus passa au-dessus du puits. Nandeau cligna des yeux : ils disparurent.

– Où est mon père ?

– Peu importe, répondit Tourkoul avec un geste de la main.

– Vous pouvez bien me le dire, maintenant que j'ai besoin de vous.

Tourkoul émit un rire grinçant. Il se tourna vers Nandeau.

– Ton père est au-delà du monde. Il en a dépassé les limites. Il est au fond de sa douleur, au fond de tout.

Le rire resta d'abord dans la gorge de Tourkoul, puis sa bouche s'ouvrit et un son rocailleux en sortit. Il monta comme une vrille et devint si strident que Nandeau grimaça et se couvrit les oreilles.

– Lorsque tu entendras l'Avalombre, tu viendras me voir et nous partirons en chasse tous les deux. Puis je te mènerai à ton père et vous procurerai à tous deux assez de larmes pour le restant de vos jours.

Il ajouta en imitant la voix de Nandeau :

– Comme le stipulent *les termes exacts du contrat…*

Les mains sur le ventre, Nandeau respirait par à-coups. Il se laissa tomber en arrière, les yeux grands ouverts sur le disque du ciel. Était-ce vraiment le ciel ? De lents éclairs rouges zébraient le bleu en silence. Un point apparut au centre, noir, minuscule, d'une rondeur parfaite, petite étoile d'une obscurité absolue qu'il vit grandir. Les éclairs montaient des arbres et rejoignaient le cercle où ils s'éteignaient. Nandeau ouvrit la bouche pour respirer. Le point grandissait toujours. Soudain, il fut pris de panique, persuadé que la chose, gigantesque, arrivait à une vitesse vertigineuse du fond du ciel pour l'écraser.

Puis un grand calme l'envahit, comme le premier vent tiède du printemps. Il ferma les yeux et attendit, résigné, que la chose l'écrase.

Alors il comprit ce qui se trouvait au-dessus de lui. Un œil !

Il ouvrit les paupières. Le ciel était d'un bleu parfait. Une corneille traversa la clairière.

La métamorphose

— Je vais le tuer ! cria Noune. Je le jure !

Elle se tenait à la porte, une vieille épée rouillée à la main.

– Non ! Noune, n'y va pas ! Il est dangereux.

– Il a fait assez de mal comme ça ! Quelqu'un doit mettre un terme à sa malfaisance !

Nandeau était resté des heures au bord du puits. Il avait cru mourir. Le supplice avait été long. Dans son corps, la chose avait grandi, coulant dans ses veines, s'introduisant dans chaque membre, brûlant ses muscles, le laissant épuisé, trempé de sueur, tremblant, hagard, les yeux fixes. Il n'avait pas vu Rubah, n'avait pas senti que son ami tentait de le tirer, de le réveiller en lui léchant le visage. La douleur le coupait du monde. Rubah avait filé chercher Noune.

Avant qu'elle arrive en courant, essoufflée, la chose avait cessé de prendre de l'ampleur. Occupant chaque

La métamorphose

parcelle du corps de Nandeau, elle ne pouvait plus bouger.

Noune avait trouvé l'enfant recroquevillé, les lèvres sanglantes. Elle l'avait porté sur son dos jusqu'à la maison.

– Noune, écoute-moi !

Elle le regarda, les yeux brillant de colère, et ne résista pas quand il lui enleva l'épée des mains.

– Il y a peut-être une chance ! Je peux réussir !

– Nandeau ! Tu ne peux pas savoir à quoi il t'a condamné ! Il a abusé de ta solitude, de ta jeunesse, de ta fragilité.

– Je ne suis pas fragile ! dit-il d'un air farouche.

Elle s'agenouilla et l'attira à elle.

– Tu l'es et tu dois le rester, parce que c'est comme ça que je t'aime. Ne deviens jamais comme ces hommes brutaux et sauvages que plus rien ne peut émouvoir. Reste sensible, comme ton père.

– Je peux réussir, Noune, dit Nandeau à voix basse. Je trouverai mon père, je reviendrai avec lui. Puis je tuerai Tourkoul. Je le tuerai, Noune.

Elle le serra fort. Ses lèvres le brûlaient un peu moins depuis qu'elle lui avait mis un onguent cicatrisant.

Rubah, assis silencieusement au milieu de la pièce, gardait les oreilles en arrière et montrait les dents de désapprobation.

Nandeau s'écarta de Noune, mais elle lui tint le poignet et dit d'une voix dure, en le fixant :

– Tu ne sortiras pas d'ici ! Tourkoul ne te laissera jamais revenir avec ton père et tu ne tueras pas ce démon !

Elle eut un geste d'agacement et cria encore :

– Pour qui te prends-tu ? À qui crois-tu avoir affaire ?

Il dégagea son poignet sans chercher à échapper au regard mouillé de Noune. Rubah l'observait avec attention.

Nandeau retarda le moment d'aller se coucher. Des fourmillements parcouraient tout son corps comme une foudre, le poussant parfois à marcher avec des gestes saccadés. Noune l'observait, les mains sur la bouche, les yeux brillants.

– Mon Nandeau… murmura-t-elle plusieurs fois, comme si elle ne le reconnaissait plus.

Il redoutait la nuit.

Sans appétit, il se força à avaler la soupe de lentilles. Il n'osa dire combien elle était salée. Il ne put manger la pomme ni les noix qu'elle avait décortiquées. Le bruit de mastication lui était insupportable. Quant à l'eau, il alla la cracher dehors et regarda au fond de son bol, persuadé d'y trouver des insectes et des feuilles mortes.

Il prit une bougie dont il cacha la flamme trop lumineuse et se leva de table en grimaçant, car ses articulations le faisaient souffrir.

La métamorphose

– J'ai l'impression d'avoir mille ans, dit-il.
– Et moi, la sensation de voir ton père, répondit-elle.

Il se laissa tomber sur son lit en gémissant et se dit que tout était perdu. Comment avait-il pu croire qu'il sauverait Gondour ? Il ferma les yeux, et la chose en lui s'éveilla. Elle était bien trop puissante pour qu'il tente de lui résister. Alors, il s'abandonna, et elle le visita. Elle enfla dans ses bras, ses jambes, fit vibrer sa peau, trembler ses lèvres qui émirent des sons inintelligibles. Sa tête bourdonnait. Il avait l'impression d'être vaste, son enveloppe devenue si fine qu'elle était près de se rompre. Son corps ne lui appartenait plus. Ce qui le parcourait l'agrandissait, avait besoin d'espace. Nandeau, résigné, mit un nom sur le poison qui le possédait : c'était la folie.

Noune passa plusieurs fois la tête pour l'observer. Le grincement de la porte arracha à Nandeau des gémissements de douleur. Il l'entendit pleurer sur le perron.

Mais, épuisé par la nuit précédente, il ferma les yeux avant le crépuscule et sombra dans un puits sans fond.

Quand il se réveilla, le chant des oiseaux lui apprit que c'était l'aube. Étaient-ils dans sa chambre pour siffler si fort ?

Les évènements de la veille lui revinrent. Il porta les mains à son ventre : aucune douleur. À vrai dire, il se sentait même en pleine forme. Mais ses lèvres étaient encore sensibles. Il avait donc bien bu à la larme tendue par Tourkoul. Tout espoir s'écroula dans un long soupir.

Noune l'observa toute la journée. Silencieuse, le visage fermé, elle ne le quitta pas des yeux.

Il prétexta la peau à vif de ses lèvres pour manger le moins possible. Il n'avait nullement faim, mais une soif immense. Il vida son bol plusieurs fois dans la journée, malgré le goût métallique de l'eau.

Le moindre craquement le faisait sursauter. Bruits du bois de la charpente qui travaillait, courses de souris au grenier. Il cria de frayeur lorsque Noune fit tomber une cuillère. Elle le regarda avec pitié.

Il sortit sur le perron, mais les oiseaux semblaient chanter directement dans sa tête. L'agonie d'une abeille prise dans une toile d'épeire, le bruissement de ses ailes puis le crissement du fil sortant de l'abdomen de l'araignée étaient intenables. Il rentra. Ne supportant plus de le voir s'asseoir, se relever dix fois et tourner en rond comme une bête enfermée, Noune s'en alla cueillir des herbes aromatiques à quelques pas de la maison.

Comprenant qu'elle restait dehors pour l'éviter, il sortit discrètement et s'enfonça dans le bois. Le vacarme qui y régnait l'emporta dans un lent vertige. Il s'adossa à un arbre et se laissa glisser contre l'écorce.

Ça montait du sol, ça sortait des arbres. Le ciel sans nuages devint d'un bleu profond, comme si la nuit,

La métamorphose

impatiente, avait décidé de tout recouvrir en plein après-midi.

Le bruit sec des pattes d'un scarabée passant sur une feuille morte le fit grimacer. Comment pouvait-il l'entendre avec tant d'acuité ? Il ne faisait pas que l'entendre, il le voyait, le sentait ! Chaque articulation, le moiré des élytres, le duvet sur ses pattes bleutées, les yeux aux mille facettes, le parfum de glaise et d'humus sous son abdomen !

Le grondement d'un essaim de mouches le terrifia. Le long du tronc, mille cliquètements l'hypnotisèrent. Une colonne de fourmis serpentait dans les anfractuosités. Leurs antennes se frottaient avec des bruits de tissu que l'on déchire. D'où venait cet écoulement ? Était-il vraiment capable d'entendre la sève dans un arbre ? Le souffle d'un battement d'ailes le saisit. Il se tapit contre l'arbre, les bras sur sa tête. Un épervier passa entre les branches, loin au-dessus de lui, guettant un écureuil dont Nandeau pouvait entendre les griffes s'enfoncer de peur dans la branche.

Enfin, l'obscurité l'enveloppa comme un lourd manteau de ténèbres. En quelques secondes, il fut dans le noir absolu.

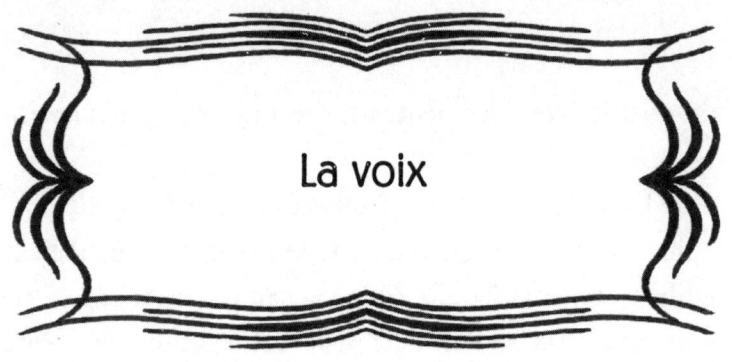

La voix

Soudain, tous les sons disparurent, et Nandeau ne perçut plus que son propre souffle, court, paniqué. Il serra l'arbre, de peur de plonger dans le néant.

Il retint sa respiration et se rendit compte qu'il entendait autre chose. Lointain, sourd, régulier, c'était un battement, qu'il prit d'abord pour des pas de géant. Il se recroquevilla, la joue contre l'écorce, s'attendant à entendre le rire grinçant. Une main répugnante se poserait sur son épaule et il lutterait de nouveau, en vain.

Il se balança d'avant en arrière, en gémissant.

« Je suis là », dit tout à coup une voix profonde et chaude, qui semblait monter de la terre.

« Et je ne suis pas Tourkoul. »

La forêt tout entière écoutait celui qui venait de parler à Nandeau.

– Qui êtes-vous ? chuchota Nandeau, que sa propre voix effraya.

La voix

« Je suis celui que tu cherches. »

– L'Avalombre ?

« Oui. »

– Tourkoul veut vous tuer !

« Tourkoul n'a plus le pouvoir de me trouver. Toi seul désormais peux m'entendre et me parler. »

Nandeau identifia le bruit qui montait. Un choc sourd, puis un autre. Il y avait parfois un long moment entre deux battements, puis cela revenait, plus fort, plus serré. Le manque de régularité ne lui avait tout d'abord pas permis de comprendre de quoi il s'agissait, mais il en était maintenant sûr, il s'agissait des battements d'un cœur !

Il luttait contre la nausée provoquée par l'odeur de pourrissement des feuilles.

– J'entends votre cœur, mais il ne bat pas régulièrement.

« Les battements qui manquent sont ceux de mes frères morts. »

Cette voix entra en lui, se répandit comme la chaleur d'un jeune soleil après un long hiver. Il se sentit enveloppé, protégé comme par les mots de Gondour lorsqu'il se réveillait d'un cauchemar.

– Je veux retrouver mon père.

« Je t'y aiderai. »

– Où est-il ?

Comme la réponse tardait à venir, une solitude implacable, terrifiante écrasa Nandeau. Cette voix, il le comprit alors, lui était nécessaire. Sans elle, il s'écroulerait.

« Fais-moi confiance et vous vous reverrez, mais ne te précipite pas, car l'autre veille, et toute erreur pourrait vous être fatale, à toi et à ton ami. »

– Pourquoi voudriez-vous m'aider ?

Une fois encore, la voix prit son temps avant de résonner :

« Ton père a refusé de porter l'armure faite de notre dépouille lors de la guerre. Il n'a jamais tué aucun animal par plaisir, il les a même protégés au péril de sa vie. Ses mains n'ont pas trempé dans notre sang. C'est un homme bon, qui s'épuise à lutter contre la sauvagerie que nos larmes font monter en lui. »

Le vent amena un parfum de chèvrefeuille qui prit Nandeau dans un vertige délicieux.

« Je t'aiderai aussi parce que j'ai besoin de toi pour nous débarrasser de Tourkoul. Seul, je ne pourrai mettre fin à son règne. »

– Je n'y arriverai jamais, dit pour lui-même Nandeau. Rubah m'a dit que vous étiez des géants. Si vous ne pouvez pas tuer Tourkoul, comment un enfant pourrait-il le faire ?

« Je suis en effet bien plus grand que les humains, mais je ne peux faire de mal à personne. Avant la venue

La voix

de Tourkoul, les Avalombres ne connaissaient ni haine ni violence. Lorsqu'il a tué les miens, cependant, un sentiment inconnu jusqu'alors est né en moi et a commencé à grandir tout au long de ces années. Je suis le premier Avalombre à connaître ce que vous nommez la colère, mais ce sentiment vient de trop loin, je ne peux rien contre Tourkoul. Voilà pourquoi j'ai besoin de toi. Ne te sous-estime pas, Nandeau. Tu as un pouvoir que Tourkoul n'a plus. Lui le sait. Toi, tu dois en prendre conscience. »

Nandeau ferma les yeux et poussa un long soupir, auquel l'Avalombre sembla répondre :

« Il est temps de te mettre en route. Lève-toi, Nandeau. L'obstacle le plus dur à franchir est celui de ta peur. Pense à ton père, non aux difficultés que tu rencontreras. »

– Je crains de ne pas y arriver.

« Tant de vies dépendent de toi ! Celle de ton père, la mienne, celle du seigneur Galondran et de ses chevaliers... »

– Les chevaliers... Pourquoi en reste-t-il si peu ?

« Ceux qui en ont le courage fuient Tourkoul et se laissent mourir loin des larmes pour ne plus lui être soumis. »

Il pensa à voix haute :

– Alors... pourquoi mon père ne s'est-il pas... ?

L'Avalombre lui répondit :

« Ton père ne pouvait pas t'abandonner. Il est toujours revenu pour toi. Tu étais sa faiblesse et sa chance. »

Nandeau réfléchit un long moment avant de demander :

– Vous n'en voulez pas à ces chevaliers de vous avoir décimés ?

« Non, je n'en veux pas aux chevaliers, mais à celui qui les a manipulés ! Aucune vengeance n'aurait pu les faire autant souffrir que ce qu'ils endurent depuis si longtemps avec les larmes. Ils ont été naïfs. Ils ont tout perdu. L'honneur, le bonheur, la liberté. »

Nandeau se leva. Le ciel était clair, et un rouge-gorge se posa un instant à côté de lui, l'observa de sa tête penchée. Les battements du cœur de l'oiseau ressemblaient à une averse sur des feuilles sèches. Il s'envola dans un souffle.

« Va, maintenant, car ton père est à bout de forces. Il ne pourra revenir seul, cette fois. »

La voix se tut et la forêt lui parut soudain vide et froide.

Dès les premiers pas, le garçon comprit le pouvoir de la voix. Une force nouvelle l'habitait : la confiance. Le ciel derrière les arbres était clair. Il avait hâte d'entendre de nouveau l'Avalombre. Une lumière chaude et rousse montait de la terre pour le porter. Alors, il écarta les bras et se mit à courir.

Rubah le rejoignit dans sa course.

– Eh bien, quelle énergie !

– Je l'ai entendu, Rubah ! L'Avalombre m'a parlé ! Je réussirai à trouver mon père, il m'aidera !

Ils filaient tous deux à vive allure vers la maison, traversant des taillis sans ralentir. Le garçon riait en voyant son ami faire de grands bonds pour se dépêtrer des ronces et des clématites sauvages.

– Nandeau, dit Rubah, le souffle court, les bipèdes m'ont toujours semblé avoir des idées originales, pour ne pas dire absurdes, mais celle de mener une conversation en courant comme des sangliers me semble être un sommet !

Nandeau rit et, tout en se mettant à marcher, demanda à son ami :

– Tu es fatigué ?

– Allons, tu parles à un coureur de poules, mon ami.

Le garçon s'arrêta et demanda avec une grimace de dégoût :

– Rubah, qu'as-tu mangé ? Tu as une haleine horrible !

Le renard répondit en poursuivant son chemin :

– Je viens de mettre la patte sur un repas de roi : les restes d'un faisan oublié par des loups.

– Pouah ! Il ne devait pas être frais !

Rubah se retourna et dit avec hauteur :

– Je me suis toujours demandé comment les humains pouvaient manger de la chair non faisandée. La viande commence à prendre du goût et à s'attendrir après deux semaines. Avant, autant manger des pierres.

Le renard s'assit et, de ses crocs effilés, s'efforça de sortir une longue épine de sa patte.

– Laisse-moi faire, dit Nandeau.

L'animal n'eut pas le temps de s'enfuir. Le garçon examina les coussinets avec un œil attentif.

– Euh, Nandeau, permets-moi d'avoir quelque doute sur tes capacités de…

– Peureux, va. Laisse-moi faire, je te dis.

Les oreilles de Rubah se couchèrent, ses yeux s'assombrirent, mais il se tut.

Le garçon passa le doigt sur les coussinets de son ami et sentit immédiatement l'épine.

– Oh, mon pauvre Rubah, mais elle est énorme ! s'exclama-t-il théâtralement. Il va sans doute falloir amputer.

Le renard soupira.

– Tu es d'un comique révoltant. Lâche-moi la patte immédiatement !

Rubah sursauta. Nandeau tenait l'épine entre ses doigts.

La voix

– Et voilà ! une petite écharde de rien du tout.

– Oui… Eh bien, c'était fort douloureux !

Rubah tourna la tête. Nandeau en profita pour passer sa main entre ses oreilles. Le renard s'écarta en maugréant.

– Ah non !

– Arrête de bouder, je viens de te sauver la vie.

– Voilà bien longtemps que je ne t'ai vu de si belle humeur. Et je me demande si je ne préfère pas te voir sombre et taciturne.

Ils se remirent en route. Avant de sortir du bois qui bordait la maison, Rubah s'immobilisa, aux aguets.

– Attends. Tu ne sens pas ?

– Quoi, ton haleine ?

– Non… s'agaça le renard. Un cheval.

Ses yeux s'écarquillèrent et il se précipita hors des broussailles en criant :

– Pruniel !

Le cheval de Gondour se trouvait devant la porte. Nandeau le serra, mais il dut le relâcher immédiatement car l'animal tenait à peine sur ses pattes.

– Noune ! cria-t-il. Noune ! Pruniel est revenu !

La porte s'ouvrit. Tout à sa joie de revoir le cheval de son père, il ne remarqua pas le visage fermé de la femme.

– Tu as vu ! Il est revenu.

Elle hocha la tête.

– Où… où est-il ? demanda Nandeau, ivre de joie. Où est papa ?

– Pruniel est revenu seul, Nandeau.

Il le savait, bien entendu. Il se doutait que son père ne pouvait pas reparaître ainsi. Mais il l'aurait tant aimé ! Il aurait pu entrer, serrer son père, lui raconter la nuit de Grand Sang, la voix de l'Avalombre. Il lui aurait parlé de Tourkoul, du contrat, et il n'aurait plus eu le sentiment d'avoir trahi.

Mais le cheval était revenu seul.

– Ça veut dire qu'il ne reviendra pas, cette fois, dit Noune en essuyant ses yeux.

– Non, dit Nandeau d'une voix déterminée. Ça veut dire qu'il faut aller le chercher.

Noune garda le silence.

Ils menèrent le cheval à la grange en le soutenant de chaque côté. Il vacillait. L'animal était si épuisé qu'il ne parvint pas à avaler ce que Noune mit dans sa mangeoire. Ils revinrent dans la maison.

– Pauvre Pruniel… Il va mourir ? demanda Nandeau.

– S'il réussit à se reposer et à manger un peu, il pourra vivre.

Elle prit l'enfant contre elle, entoura sa tête de ses bras.

– Reste avec moi, dit-elle. Ne pars pas.

Au bout de la pièce, le renard les observait.

Noune dévisagea longuement Nandeau.

La voix

– Tu as changé. Tes yeux me regardent différemment.

Elle disait vrai. Nandeau voyait autrement cette femme qu'il avait connue depuis tout petit. Il avait l'impression de voir chaque grain de sa peau. Il entendait les battements rapides de son cœur. Sous son regard, Noune baissa la tête, troublée par ce garçon qui n'était plus tout à fait Nandeau.

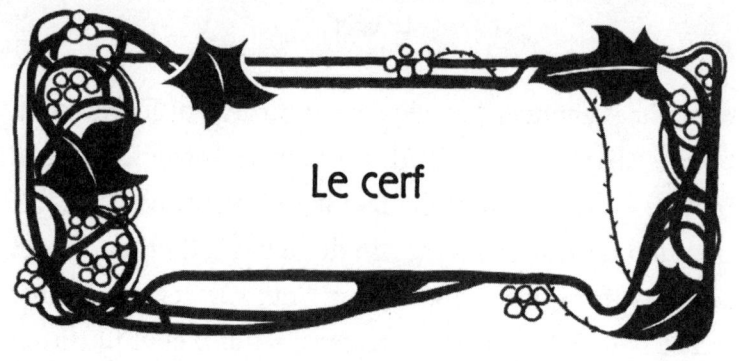

Le cerf

La nuit sembla interminable à Nandeau. Ses sentiments, comme un réseau compliqué de racines, se croisaient, se chevauchaient. Mais la haine en était le pivot central.

Tourkoul. Tout était arrivé par sa faute. Nandeau aiderait l'Avalombre à s'en débarrasser, car lui connaissait la rancœur !

Les étoiles commençaient à s'éteindre dans le premier bleu du ciel quand il entra dans la grande pièce.

Noune dormait assise sur la chaise, la tête penchée sur la poitrine. Sous la main posée sur la table, Nandeau devina le bout de la clé de la porte d'entrée. Il la tira doucement, sans que Noune bouge.

Rapidement, il prit son sac de cuir à large bandoulière et le remplit de pommes d'hiver et d'un lourd morceau de pain noir. Il mit dans un tissu des fruits séchés, des noix, des noisettes, des pommes de terre cuites la veille et

Le cerf

des tranches de lard fumé. Il y ajouta de quoi faire du feu et le couteau que son père lui avait offert pour ses dix ans.

Il se coupa une épaisse tranche de lard, qu'il mangea avec du pain. Puis il posa très doucement sa joue contre l'épaule de Noune. Elle sentait l'ortie et la sauge, dont elle faisait des lotions pour se laver les cheveux. Il murmura :

– Je le ramènerai.

Elle soupira dans son sommeil, et un sourire passa sur son visage rond. Il mit le sac sur son épaule d'un geste décidé, ouvrit la porte avec la clé et sortit. Rubah attendait dans le silence frais de l'aube. Nandeau posa une tranche de lard devant lui.

Le renard ferma les yeux et mangea avec plaisir. Nandeau alla ensuite voir le cheval dans la grange. Debout, ce dernier mâchonnait tranquillement sa luzerne.

– Il est sauvé, dit Rubah dans son dos.

– Oui, dit Nandeau dans un souffle.

Ils s'éloignèrent. Le renard, devant lui, faisait des pas légers et joyeux. À la lisière du bois, Nandeau se retourna. Était-ce le reflet de la lune dans la fenêtre de la maison ou la flamme tremblante d'une bougie qu'il apercevait devant la maison ? Ils entrèrent sous le couvert des arbres.

Rubah prit un chemin qu'ils n'avaient que rarement emprunté.

Nandeau voyait la forêt comme jamais auparavant. Son regard l'enveloppait. Il percevait le moindre mouvement, le plus faible craquement. Il voyait jusqu'aux veines courant sur les feuilles.

La forêt grouillait. Il avançait au milieu d'une cacophonie de vies minuscules, de courses furtives. Il sentait combien sa propre présence était écoutée.

Ils durent franchir de profondes ornières boueuses remplies de ronces, mais il s'agissait d'éviter les abords du puits bleu pour réduire les risques de croiser Tourkoul. Nandeau se força à faire le vide dans sa tête pour ne pas imaginer ce qu'il pourrait lui dire s'il apparaissait devant lui. Il crut percevoir une silhouette entre les arbres, mais elle disparaissait chaque fois qu'il tournait la tête vers elle. Il marchait d'un pas rapide, sursautant aux battements d'ailes des papillons de nuit.

Devant lui, Rubah choisissait les passages assez larges, évitant les orties, les ronciers et les lieux trop clairs où ils seraient exposés.

Ils marchèrent longtemps dans la lumière tiède du soleil, filtrée par de hauts mélèzes dont Nandeau percevait la finesse des aiguilles.

Rubah se retournait fréquemment, sans toutefois prononcer une parole.

Le garçon était si concentré sur les branches à hauteur de son visage que son cœur bondit lorsqu'il se rendit

Le cerf

compte qu'un cerf l'observait à quelques pas. Ils se regardèrent un instant. Le grand œil sombre de l'animal le surveillait. Ses bois aux multiples ramifications étaient majestueux, son cou fort. Il se savait puissant. Il leva la tête, et ses narines se dilatèrent. Nandeau, intimidé, continua à marcher le plus discrètement possible.

Ils débouchèrent enfin dans une petite clairière, au bas d'une colline. Rubah s'arrêta près d'un amas de pierres chauffées par le soleil au zénith. Il s'allongea sur une pierre plate pendant que Nandeau, assis, ouvrait son sac de cuir. Il tendit sa gourde de peau à Rubah.

– Tu as soif ?

– J'ai une affection profonde pour toi, Nandeau, mais je préfère boire la rosée sur la mousse que dans la main d'un homme.

Ils restèrent un moment silencieux.

L'endroit avait une saveur particulière. Tous deux l'aimaient. C'était la limite de leurs explorations. Ils n'avaient jamais été plus loin ensemble. Nandeau avait bien insisté pour grimper sur la colline, même un peu, « juste quelques pas », afin d'avoir un point de vue, mais Rubah avait systématiquement refusé. Il fallait une demi-journée pour arriver jusqu'ici, autant pour le retour. Le renard était resté ferme.

Soudain, Rubah s'assit, les yeux rivés sur le bois, et Nandeau faillit lâcher la gourde : le cerf était dans la clairière. Le garçon ne l'avait pas entendu arriver. L'animal tapa deux fois des antérieurs, et Rubah baissa la tête. Nandeau l'imita.

— Où allez-vous ? demanda le cerf d'une voix large et rocailleuse.

— Nous cherchons le père de Nandeau, répondit Rubah.

— Son cheval est passé hier, les informa le cerf. Il était épuisé.

Rubah jetait des regards craintifs au cerf. Sa voix était basse.

— Nous permets-tu de passer sur ton territoire ?

— Ce n'est pas dans tes manières de renard de demander la permission, *Rubah*...

Il avait dit son nom avec un dédain évident.

Le cerf s'approcha de Nandeau qui sentit son souffle puissant et chaud. Il baissa les yeux. L'animal le renifla, puis asséna :

— Ce garçon appartient à Tourkoul.

— Non.

— Pas de sornettes, je te prie. Il a bu aux larmes, je le sens.

— Il l'a obligé, tenta Rubah. Nous cherchons son père.

— Gondour.

Nandeau redressa la tête. Le nom de son père dans la voix de l'animal le saisit. C'était un mélange de douleur et de fierté. Ce grand cerf connaissait son père !

Le cerf

– Je dois… je dois le ramener ! L'Avalombre lui-même a promis de m'aider.

Ce fut un mouvement infime, mais significatif : l'angle des bois du cerf changea. L'animal l'écoutait.

– L'Avalombre lui a parlé ? demanda-t-il à Rubah.

Ce dernier acquiesça. Ils gardèrent le silence un moment. Puis le cerf dit avec plus de douceur :

– Son père ne nous a jamais chassés. Il lui arrive même de cacher certains des nôtres chez lui quand ses semblables veulent notre sang. Gondour pue l'homme, mais il n'a pas leur cruauté.

Il se détourna et, juste avant d'entrer dans le bois, ajouta :

– Ne décevez pas l'Avalombre. Partez maintenant, vous n'avez plus beaucoup d'avance. Je tenterai de retenir Tourkoul.

Au cœur de la tempête

Ils contournèrent le flanc de la colline et s'enfoncèrent dans un goulet sinueux séparant deux pentes douces couvertes de genêts.

Lorsqu'ils furent de l'autre côté de la colline, Nandeau demanda :

— Pourquoi le cerf ne m'a-t-il pas adressé la parole ? Il a fait comme si je n'existais pas, il m'a reniflé comme si j'étais un excrément !

La colère montait à rebours. Il s'arrêta, mais Rubah le pressa de continuer.

— La fierté du grand Nandeau aurait-elle été écornée par celui qui règne sur plus de dix fois le territoire de trois seigneurs ? Il a parlé en présence d'un homme, prends-le comme un honneur. C'est sans doute la première fois qu'il le faisait. Maintenant, avance, veux-tu ?

Au cœur de la tempête

Nandeau allongea le pas. Le passage dessinait une longue courbe sur la droite. Rubah prit droit dans la pente.

Le garçon ne put se retenir de relever, avec une pointe de moquerie :

– Il connaissait ton nom, ce cerf.

Rubah lança un regard noir à Nandeau.

– Mais il l'a dit d'une drôle de manière, remarqua encore le garçon.

– Il n'y a que les humains pour nommer les animaux.

– C'est joli, Rubah, pourtant.

Le renard accéléra.

– Moi, je trouve ça très distingué, poursuivit Nandeau. Rubah, Rubah le renard.

Ce dernier soupira et dit d'un ton cinglant :

– As-tu déjà vu un renard manger de la rhubarbe ?

– Non, mais…

– Sans doute ta mémoire te fait-elle défaut. Pour ma part, je me souviens parfaitement du premier jour où tu m'as vu. Tu tenais une tige acide de cet infâme végétal. Tu me l'as tendue. Confiant, à l'époque, j'ai goûté et j'ai manqué m'étouffer, ce qui a provoqué un chapelet de rires de ta part. Tu as tendu ton doigt et tu m'as nommé : *Rubah*.

– C'est drôle, je ne m'en souviens plus.

– Je ne dirais pas que tu as gâché ma vie, mais tu l'as rendue quelque peu malaisée. Les rapports avec mes congénères ont été faussés. Pour être clair, depuis ce jour, ils se fichent de moi.

— Je suis désolé, dit Nandeau avec sincérité.

— Peu importe. Je suis allé trop loin de toute façon. Regarde, je cours les bois avec un humain. Et si je ne me retenais pas, je le ferais même sur deux pattes.

Nandeau grimpait maintenant le vallon à quatre pattes. Le soleil lui chauffait le dos. Rubah lui aussi avançait ventre à terre, les oreilles basses. Parvenu au sommet de la colline, essoufflé, le garçon ne put s'empêcher de faire ce dont il avait tant de fois rêvé : contempler ce qu'ils dominaient de là-haut. Mais ce qu'il vit fut décevant : c'était une mer uniformément verte d'où sortait, de-ci, de-là, l'écume vert foncé des plus vieux chênes. Ni le village ni le château n'étaient visibles. Il ne sut pas même dans quelle direction les chercher. Si Rubah semblait parfaitement savoir où ils allaient, lui était totalement perdu.

Ils basculèrent et descendirent en trottinant entre chardons et genêts dont le parfum sucré retournait le cœur du garçon.

Arrivé au bas de la colline, le renard s'engagea vers le nord. La forêt qui commençait là n'était plus la même. Nandeau marqua un temps d'hésitation. Les arbres y étaient serrés. Tendus vers la lumière, ils semblaient cacher quelque chose. L'enfant ralentit en entrant sous leur couvert : on n'y voyait pas à plus de quelques pas.

Au cœur de la tempête

Ça n'était pas une forêt pour les hommes... Nandeau se frayait un passage au milieu des fougères que Rubah, invisible, remuait devant lui.

Il se sentit tout à coup submergé par une mélancolie profonde. Il pensa à sa maison, baignée d'une lumière jaune et chaude, aux lueurs soyeuses du soleil filtrées par les arbres vigoureux de la forêt qu'il connaissait. Ici, le ciel était caché par des arbres aux branches grises et maigres, mêlées en un réseau dense comme une toile d'araignée.

Rubah progressait vite et paraissait impatient de s'extraire de cette ombre. Mais le ventre de Nandeau lui rappela qu'ils n'avaient pas eu le temps de manger. Le renard s'arrêta, oreilles dressées.

— C'est mon estomac, dit Nandeau, je meurs de faim ! Je sens des framboisiers sauvages tout proches. Ils doivent être juste derrière ce bosquet. On s'arrête une minute ?

— Pas le temps ! répondit le renard d'un ton brusque.

Nandeau mit cependant le sac à terre et en défit le cordon. Rubah donna un coup de patte sur sa main. Le regard fébrile, la tête tournant en tous sens, il ajouta, irrité :

— Ce n'est ni le lieu ni le moment. Tu mangeras quand nous serons sortis de là, pas avant. Écoute !

Nandeau haussa les épaules, sourcils froncés.

– Je n'entends rien !

– C'est bien ce qui m'inquiète. Je n'ai vu aucun animal, entendu aucun oiseau.

Nandeau réalisa que lui non plus n'avait entendu aucun bruissement depuis bien longtemps.

– Pourquoi nous fais-tu passer par cet endroit lugubre ? Je déteste cette forêt.

– Ton père y est passé, lui. Et son cheval, hier.

Le garçon serra les mâchoires, referma son sac avec des gestes brusques et partit en tête sans jeter un regard à son ami.

– Pas par là ! dit Rubah, qui s'éloigna sans vérifier que Nandeau le suivait.

Un grondement retentit. Le renard, après une courte hésitation, accéléra. Nandeau ne prit pas le temps de comprendre d'où cela venait. Il courait.

Le vent entra dans les frondaisons comme un géant se serait jeté dans le bois. Nandeau prit peur et baissa la tête. Le souffle tordit les branches qui grincèrent les unes contre les autres. Les arbres se resserraient toujours plus, comme pour les empêcher de passer. Les hauts troncs dansaient, leur tête secouée, enflée par des rafales bruissantes. Nandeau fut pris d'un vertige. Son épaule heurta un arbre, il fit trois pas en chancelant, perdit tout à fait l'équilibre et chuta.

– Rubah ! Attends-moi !

Au cœur de la tempête

Mais son cri s'envola dans la vision infernale qui le dominait. Au-dessus de lui, les troncs blanchâtres des bouleaux ondulant lui donnèrent l'impression d'être au fond de l'eau. Là-haut, à la surface, des vagues noires déferlaient.

On le mordit au poignet.

– Debout !

– Rubah ?

Une morsure, plus profonde. Il se releva.

– Cours !

Ils avaient fait quelques pas quand une branche énorme s'écrasa derrière eux dans un fracas terrible. Les crissements faisaient grimacer Nandeau, les bourrasques tordaient les troncs comme s'il s'agissait d'arbrisseaux. Un courant puissant coucha d'un seul coup les fougères, découvrant Rubah qui tituba, mais continua d'avancer, penché, la queue entre les pattes. Une trombe leva des feuilles autour d'eux et ils se retrouvèrent, un instant, au cœur d'un cyclone. Rubah bondit et disparut derrière la paroi mouvante, Nandeau se protégea le visage et sauta.

La pluie se déversa sur tout avec une soudaineté effrayante et ce fut comme s'ils avaient plongé la tête dans l'eau de la rivière. Nandeau ouvrit la bouche pour respirer. La vue troublée, il vit le sol rouler. L'eau montait à toute allure ! Ses pieds disparurent. Rubah avançait par bonds, sans ralentir.

Nandeau glissa, se rattrapa, évita des branches à hauteur de visage, fit quelques mètres à quatre pattes, se releva et s'immobilisa.

– Rubah ?

Son ami venait de disparaître sous ses yeux. Il était pourtant là, une seconde avant ! Il tenta de le sentir mais l'odeur métallique de la pluie sur la terre l'en empêchait.

– Là ! cria le renard d'une voix aiguë.

Il avait bifurqué vers la droite, rejoignant une petite butte. L'eau faisait un bruit tonitruant, mais le vent avait faibli. Rubah suivit une arête séparant les flots. Un moment plus tard, ils trouvèrent une corniche qui faisait un maigre toit. Ils se collèrent à la paroi et se recroquevillèrent l'un contre l'autre. Ils tremblaient.

Les grands-voiles ondoyantes de la pluie balayaient la forêt, et Nandeau s'aperçut qu'elle était ici moins dense. Les arbres s'étaient desserrés, le tapis de fougère avait disparu.

Ils surveillaient les alentours, la respiration saccadée.

Tout à coup, Nandeau fixa un point entre les arbres. Une forme avançait lentement entre les troncs. Puis, elle s'arrêta. Nandeau se dit qu'il l'avait imaginée, ou que la bête s'était éloignée. Alors, il ouvrit la bouche, mais Rubah le fit taire d'un regard. Un instant plus tard, la forme se remit en marche.

Au cœur de la tempête

Quand elle disparut derrière des taillis, Nandeau murmura :

— C'était Tourkoul ?

Rubah acquiesça sans détourner les yeux.

— Qu'est-ce que c'était que cette tempête ? Est-ce que c'est lui qui l'a provoquée ?

— Certainement pas.

— Et pourquoi pas ? On aurait vraiment dit que quelqu'un essayait de nous empêcher d'avancer !

Rubah détacha enfin son regard et soupira profondément.

— Avec ta logique tout humaine, une tempête est forcément hostile et dangereuse.

— La branche a bien failli m'écraser !

— C'était pour te prévenir.

Un grand frisson saisit le garçon, qui s'assit en tailleur, dos à la paroi.

— Et que comprends-tu à tout ça, toi, avec ta logique de renard ?

— Que cette tempête nous a sauvés.

Nandeau se tourna vers son ami. Un petit sourire naquit sur ses longues lèvres sombres. Son regard moqueur irrita autant Nandeau qu'il le rassura. Ils se retrouvaient enfin.

— Le vent a soufflé notre piste, dit le renard, la pluie a lavé nos odeurs et aveuglé notre poursuivant, qui a perdu notre trace.

Rubah donna un léger coup de tête contre le flanc de son ami et lui chuchota :

– Un point pour le renard.

Nandeau répondit :

– D'accord, peut-être. Mais tu ne vas pas me dire que cette tempête était naturelle ?

– Je ne le crois pas non plus. Trop soudaine, trop violente. Alors, de qui pourrait-elle provenir, sinon de quelqu'un qui te veut du bien, de quelqu'un qui a choisi de croire en toi ?

– … L'Avalombre ?

Rubah acquiesça.

– Ne te réjouis pas trop, Nandeau, la puissance de tes alliés est à l'image de la dangerosité de ton adversaire. Si l'Avalombre est à l'origine de cette tempête, c'est qu'il sait combien tu lui es nécessaire. Le cerf l'a dit : il ne faut pas le décevoir.

Un frisson traversa à nouveau Nandeau.

– Tu le savais, mon ami : il te faudra détruire Tourkoul. La forêt le sait. L'Avalombre le sait. Tourkoul aussi.

Suivre le prédateur

Nandeau ouvrit son sac, y plongea son bras et sortit le morceau de pain noir, une pomme d'hiver et le tissu noué sur les fruits séchés. Rubah, les yeux brillants, semblait fasciné par les tranches de lard. Le garçon déploya une petite poche de cuir graissé dont il sortit une mèche d'amadou et une petite lame d'acier, terminée par une poignée : son briquet.

Le renard tendit le museau vers la forêt, alors qu'une brume épaisse montait, cachant déjà le sol par endroits.

– Non, ne fais surtout pas de feu maintenant. Il faut sortir de cette forêt avant que Tourkoul fasse demi-tour et retrouve notre odeur.

Il se ravisa :

– Mais nous avons tout juste le temps de manger un peu. Cette petite tranche de lard me fait les yeux doux…

Lorsqu'ils eurent calmé leur faim, Rubah s'élança. Seules ses oreilles dressées dépassaient de la nappe de brouillard couvrant le sol.

Des relents putrides montaient de la boue noire et lourde dans laquelle ils avançaient. Nandeau imitait son ami bondissant de roche en branche morte, mais avec moins d'agilité. Enfin, Rubah s'arrêta devant deux traces, qu'il flaira.

– On dirait une odeur d'eau croupie et de sang, dit Nandeau en plissant le nez.

Le renard répondit sans regarder l'enfant :

– C'est celle de Tourkoul. Une odeur de serpent.

Nandeau cessa de respirer. Un imperceptible geste de tête de Rubah confirma ce que le garçon craignait : Tourkoul n'était pas loin.

Lorsque le cœur de Nandeau fut calmé, il demanda :

– Suit-il la bonne direction ?

– Oui.

Rubah se remit en route. Au bout de quelques pas, il s'aperçut que son ami était resté sur place, les yeux sombres, les lèvres pincées.

– Rubah, si, comme tu l'as dit tout à l'heure, la tempête a effacé toute trace et toute odeur, comment sais-tu que nous sommes sur le bon chemin ?

Les yeux de Rubah se plissèrent d'un air malicieux :

– Les renards sont curieux…

Suivre le prédateur

– Non ! s'exclama le garçon. Ne me dis pas que... tu es déjà venu ici ! Tu connaissais cet abri !

– Tu ne t'en plaindras pas, si ?

Les joues de Nandeau s'empourprèrent.

– Mais tu m'as toujours interdit d'aller plus loin que les collines !

– Nandeau, nous sommes amis, nous avons partagé beaucoup de choses, cependant je reste profondément renard. Certains humains prétendent idiotement que la curiosité est un vilain défaut, mais pour nous, elle est une qualité nécessaire.

Nandeau soupira, et Rubah se remit en marche, le pas léger.

Lorsqu'ils approchèrent de la lisière, la colère de Nandeau s'était muée en jalousie, puis étaient venues les interrogations. Rubah resta derrière le taillis qui marquait la fin des grands arbres. Nandeau s'accroupit à ses côtés.

– Tu es allé jusqu'ici ?

– Oui.

– Et ensuite ?

– Ensuite, rien. C'est ici ma limite.

Nandeau suivit le regard fixe du renard et resta stupéfié. Devant eux, le terrain s'élevait. Sur une pente, au milieu d'une végétation basse et clairsemée, progressait un homme dont les cheveux noirs flottaient au vent.

Les larmes des Avalombres

Il progressait à petits pas rapides, se retournant parfois, comme s'il se savait surveillé. Nandeau entendait sa respiration haletante : Tourkoul était essoufflé.

Rubah sourit et dit tout bas :

– Le prédateur n'est visiblement pas ravi de devenir la proie.

– Crois-tu qu'il sache que nous sommes derrière lui ?

– Sur ce terrain, il devrait avoir retrouvé notre trace. Vois comme il nous cherche. Il doute. Voilà bien la première fois que la détresse de quelqu'un provoque en moi une certaine satisfaction, remarqua Rubah.

Mais Nandeau ne pouvait s'abandonner à la joie de son ami, bien qu'il goûtât un certain plaisir à tenir Tourkoul sous son regard. Il se sentait toujours profondément proie. Il haïssait cette petite silhouette pressée de le ramener sous sa cape. Il se savait, pour l'instant, incapable au fond de tuer son ennemi. Ce dernier gardait donc l'avantage. Tourkoul rejoignit un amas rocheux et disparut entre des blocs qui faisaient deux fois sa taille. Rubah et Nandeau s'élancèrent.

Ils s'éloignèrent des rochers et passèrent derrière une crête de pierres qui les cacha. Ils grimpèrent aussi vite que le souffle de Nandeau le permettait, Rubah surveillant son ami pour ne pas le distancer. Nandeau, régulièrement, baissait la tête, laissait son cœur ralentir,

Suivre le prédateur

puis faisait un geste de tête à son ami et repartait. Ils prirent à flanc et rejoignirent le lit d'un torrent à sec qu'ils remontèrent en sautant de roche en roche. De gros lézards au vert lumineux s'enfuyaient en crachant. Malgré l'effort et la dangereuse proximité de l'ennemi, Nandeau retrouvait un plaisir d'enfance : celui de courir de pierre en pierre. L'espace, ouvert et lumineux, levait également un poids de son cœur. Rubah, souple et vif comme une flammèche, semblait lui aussi prendre plaisir à parcourir ce nouveau terrain.

Bientôt, le lit fut bordé par une ligne de grands peupliers. Le sommet s'éloignait toujours plus. Ils marquèrent une pause dans l'ombre des arbres. Nandeau but et donna un morceau de lard à Rubah, qui le mâcha longuement.

– Il faut passer la crête les premiers, dit ce dernier. Ensuite, nous le sèmerons, avant de retrouver ton père.

Nandeau hocha la tête et se releva.

Ils trouvèrent la source du torrent au niveau des arbres les plus hauts. Ensuite, la pente se fit rapidement raide et devint une falaise. Ils la longèrent vers l'ouest et découvrirent une combe herbeuse, envahie de hêtres nains et tortueux, dont Nandeau se servit pour se hisser. Une fois seulement, il se retourna, et la verticalité du terrain le fit serrer plus fort la branche qu'il tenait. Il faillit la lâcher de surprise en sentant la sève couler sous l'écorce. La forêt dont ils étaient sortis quelques heures auparavant ressemblait, de si haut, à un épais tapis de mousse. Il regarda Rubah grimper par bonds agiles et lui sourit car il aimait monter ainsi. Rubah lui rendit son sourire, pour l'encourager. La combe prit fin au pied d'une courte paroi, qu'ils escaladèrent en trouvant des marches naturelles.

Ensuite, ce fut une longue succession d'étroites prairies pentues et de parois qu'ils franchirent sans jamais s'arrêter, même lorsqu'un troupeau de bouquetins les regardèrent avec perplexité. Nandeau posait les mains sur les traces de sueur laissées par les pattes de Rubah. Il le savait, son compagnon avait peur du vide et préférait la terre et les forêts aux espaces découverts et verticaux.

Le soleil passa la crête, la lumière diminua rapidement. La roche devint bleue et froide. Depuis longtemps, l'esprit de Nandeau s'était échappé. Ses mains trouvaient des prises, ses jambes poussaient. Une pierre parfois se détachait, mais son cœur ne s'emballait plus. Il se plaquait contre la roche, montait son bras, cherchait la prise suivante et reprenait le chemin vers le ciel qui s'obscurcissait. Rubah, devant lui, bondissait avec moins d'aisance. Tous les deux partageaient la même obsession : arriver sur la crête avant la nuit. Chacun savait que si les étoiles les surprenaient sur la pente, ils avaient de fortes chances de tomber. Mais la fatigue avait effacé

Suivre le prédateur

toute peur, toute imagination. Ils montaient, voilà tout. Les doigts ankylosés, le cou raide à force de chercher son guide, Nandeau, les yeux mi-clos, poursuivit un moment sans plus lever la tête. Il arracha ainsi un cri de douleur à Rubah lorsqu'il attrapa sa fourrure. Le garçon battit des paupières et découvrit son ami couché sur la crête.

Tout à sa joie d'être parvenu au sommet, il ne remarqua pas les oreilles couchées du renard, ni ses poils violemment fouillés par le vent. Les sens endormis par l'épuisement et la lassitude, il n'entendit pas Rubah lui crier :

– Ne bouge pas !

Il se mit debout, souriant, lumineux.

Le vent le gifla. Il pivota, écarta les bras pour se rétablir. Son cri fut aussitôt avalé par une bourrasque qui le poussa vers le vide. Il n'avait plus la force de résister : il reculait sur la crête, les yeux rivés sur ceux, terrifiés, de son ami.

Rubah hurla :

– COUCHE-TOI !

Nandeau se laissa tomber et attrapa des pierres qui faisaient saillie. Ses jambes fouillaient le vide. Rubah s'approcha, ventre à terre.

Alors, soudain, la lassitude de cette journée interminable s'abattit sur le garçon. Il posa la tête sur l'herbe glacée et ferma les yeux. Son esprit s'envola, mais une langue râpeuse sur sa joue le tira de la rêverie qui l'avait déjà envahi.

Il regarda Rubah comme s'il ne le connaissait pas. Le renard lui mordit le poignet et Nandeau se secoua. Il trouva une prise pour son pied et se hissa sur l'herbe, où il se coucha sur le ventre. Il s'endormit aussitôt, malgré le vent et le froid qui le remuaient. Rubah se colla contre lui du côté des rafales.

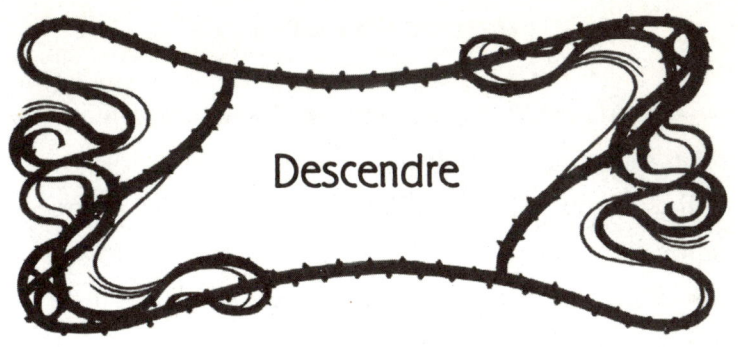

Descendre

Quand ils s'éveillèrent, les étoiles perçaient l'épaisse couverture de nuit. Elle leur semblait si proche ! Ils avaient presque le sentiment de pouvoir la toucher.

Nandeau resta un moment immobile, cherchant à se repérer. Où se trouvait-il ? Le vent était totalement tombé. La respiration profonde de Rubah sur son flanc le rassura. Il se souvint, et son ventre se serra, ses doigts entrèrent dans la terre. La crête, le vent soudain jailli, le cri silencieux de Rubah, le vide, tout proche. Toutes ces heures à s'élever, une vie entière vers le ciel en un jour. La silhouette de Tourkoul disparaissant entre les rochers. Et toujours, cette odeur de serpent.

L'enfant posa sa main sur Rubah, qui gémit et murmura dans son rêve :

– Pas du tout, je vous assure que cette saucisse était sur le chemin, je ne l'ai pas…

Puis le renard ouvrit les yeux et sauta sur ses pattes.

– Alors, comme ça, tu chasses les saucisses dans tes rêves ? se moqua Nandeau.

Rubah, les yeux roulants et les oreilles dressées, répondit :

– Oh, bon sang, Nandeau, quelle cruauté ! Juste au moment où j'allais me régaler !

– Merci, pour tout à l'heure. J'ai cru que c'était la fin.

– Quelle endive, aussi... ! Te dresser ainsi avec un vent pareil !

Ils suivirent la crête jusqu'à quelques rochers derrière lesquels ils prirent place. Ces derniers les protégeraient si le vent décidait de se lever dans la nuit.

Pendant que Nandeau, à l'aide de son briquet, faisait naître une fragile flamme sur l'amadou niché au creux de sa paume, Rubah partit chercher des branches sur la pente. Il revint, la gueule pleine, et posa son butin devant les pieds du garçon.

– Il y a un feu à mi-pente. Mais Tourkoul ne peut voir le nôtre, pas plus qu'il ne peut nous sentir car le vent est ascendant. Nous sommes allés bien plus vite que lui. Il faudra partir avant l'aube et garder notre avance.

– Pourquoi ne le laisse-t-on pas passer devant ? demanda Nandeau d'une voix lasse.

– Parce qu'il nous tendrait une embuscade.

Le feu prit rapidement. Nandeau se tenait aussi près des lueurs qu'il lui était possible sans que ses vêtements

Descendre

prennent feu. Rubah restait à une distance respectable, les yeux clairs fixés sur les flammes. Ils dînèrent de pommes de terre et de lard coupé, puis se couchèrent. Nandeau s'endormit en un instant.

Soudain, une main sur son cou se ferma : une serre. Il voulut se retourner, mais on le força à baisser la tête. Il se débattit, et la main desserra son emprise. Quand il se retourna, Tourkoul lui souriait. Nandeau recula d'un pas. La voix de l'ennemi surprit Nandeau : c'était la sienne !

— Mon pauvre ami. Tu n'iras pas plus loin ! Toute cette énergie pour finir au bas de la pente... Quelle pitié ! Ne t'avais-je pas dit de ne jamais me trahir ?

Tourkoul secoua la tête d'un air attristé, mais dans ses yeux flottaient des lueurs rouges.

Nandeau répondit avec la voix grinçante de son adversaire :

— Je n'ai pas peur de vous. Je ramènerai mon père.

Le rire de Nandeau dans la bouche de Tourkoul lui fut insupportable. Il tendit les mains devant lui, mais Tourkoul rit toujours plus fort, salissant son rire, l'écorchant.

Son propre cri le réveilla.

Rubah, assis à la lueur des braises, le regardait avec terreur, les yeux exorbités. Nandeau se redressa. Il grelottait.

— Si c'était une blague, elle était de fort mauvais goût ! dit le renard d'un ton rude.

Nandeau resta muet. Il ne voulait pas prendre le risque de parler avec la voix de Tourkoul.

— Allons, ne fais pas l'innocent ! insista Rubah. Ne me dis pas que tu ne t'es pas entraîné !

Nandeau haussa les épaules.

— Et te voilà muet, maintenant !

Le garçon s'éclaircit la gorge et tenta prudemment un mot après l'autre :

— Je ne comprends pas.

Le renard parut hésiter.

— Tu as parlé dans ton sommeil, avec la voix de Tourkoul. C'est le pire réveil de ma vie ! J'ai cru qu'il était à côté de moi. J'ai bien failli bondir dans le vide.

— Pardon, Rubah. C'était un horrible rêve. J'avais sa voix. Et il avait mon rire.

Rubah rapporta quelques branches supplémentaires pour relancer le feu pendant que Nandeau grignotait un peu de pain et des pommes.

— Tu ne veux rien ? demanda le garçon.

— J'ai déjà mangé, merci. Un vieux mulot a eu le toupet de s'approcher pendant la nuit. Bien mal lui en a pris !

Nandeau fut parcouru par un frisson de dégoût. Rubah grimaça.

Descendre

— Tu feras moins la fine bouche quand les vivres de Noune viendront à manquer, mon ami.

Ils éteignirent le feu et attaquèrent la pente. Elle était moins abrupte de ce côté, couverte d'une herbe rase et dense. Il était facile de descendre rapidement en faisant de grands pas.

Quand la ligne bleue de l'horizon se dessina, ils s'arrêtèrent un instant pour contempler ce qui les attendait.

Au bas de la montagne commençait l'étendue immense d'une forêt dense et sombre. Nandeau plissa les yeux. Au loin, la forêt s'arrêtait soudain. Derrière, un espace noir s'étendait à l'infini.

Tous deux restèrent un moment à contempler cet espace ouvert à eux lorsqu'une voix monta de la terre. Elle était si grave et si forte que Nandeau sursauta :

« Vous regardez la fin du monde. C'est là que vous irez. Traversez la forêt. Ne tardez pas, car Tourkoul monte. »

L'immobilité et les yeux écarquillés de Nandeau avaient alerté Rubah, qui le regardait avec attention. Lorsque la voix se tut, le garçon sourit à son ami et dit tout bas :

— Il faut descendre tout droit et rejoindre l'obscurité, là-bas. Mon père se trouve après les ténèbres.

Rubah resta silencieux.

Nandeau revint à la forêt et remarqua de longues lames grises dépassant de la masse sombre des arbres.

Il était difficile à cette altitude d'estimer la hauteur de la végétation, mais les lames paraissaient gigantesques.

Ils repartirent.

Comme aucun obstacle ne risquait de faire trébucher Nandeau, il descendait sans quitter les grandes pierres des yeux. Il y en avait près d'une centaine, le tranchant dirigé vers le nord où se dressait la limite de la forêt. Elles semblaient avoir été disposées en un cercle presque parfait par la main d'un géant.

Rubah se retournait parfois, non pour voir Nandeau, mais pour chercher leur ennemi.

Lorsque la pente se perdit dans le vide, ils longèrent la falaise jusqu'à trouver une ravine dans laquelle ils s'engagèrent. Les premiers mètres, Nandeau descendit dos au vide, s'aidant des pieds et des mains, puis un tapis d'herbe lui permit d'aller plus vite. Ils se savaient désormais cachés aux yeux de Tourkoul. Un peu plus bas, ils rencontrèrent les premiers arbres, et la ravine se chargea d'un tapis de feuilles dans lequel Nandeau, grisé par la vitesse, fit de grandes enjambées. Il courait dans la pente, bras écartés, un sourire radieux aux lèvres. Des parfums de résine et de rosée l'enivraient. Rubah faisait des bonds immenses devant lui en se retournant fréquemment pour vérifier que son ami le suivait. À un moment, Nandeau tomba, roula en se protégeant la tête, se releva et repartit plus vite encore. Ils entrèrent dans

Descendre

un tunnel de verdure en riant et Nandeau, émerveillé par la lumière chaude du soleil entrant avec eux, ne vit pas la branche qui lui gifla le visage. Il cria et ferma les yeux. Pris par l'élan, il ne réussit pas à ralentir. Quand il rouvrit les yeux, ses jambes couraient dans le vide.

Il hurla, vit les arbres venir à une vitesse vertigineuse. Il eut le temps de reprendre son souffle, cria encore et percuta de plein fouet la cime d'un sapin. Il dégringola comme la foudre, sans comprendre dans quel sens il se trouvait. Alors, il écarta les bras, tenta d'attraper des branches au hasard. Sa main en trouva une, qui cassa aussitôt. Il tombait toujours, gardant les yeux ouverts sur le ciel, les branches, le ciel, sa main, le tronc, le sol. Enfin, une branche se glissa sous son aisselle. Il bascula, serra, sentit le bois lui écorcher la peau. Il grimaça. Il avait cessé de chuter. Le cœur battant, il luttait à présent contre la nausée.

– Nandeau ?

Le garçon raffermit sa prise et sentit qu'on le tirait par le pied. Il regarda sous lui : Rubah, assis, le regardait d'un air goguenard. Nandeau se trouvait à moins d'un mètre du sol.

Il se laissa glisser et tomba à quatre pattes. Il ne tenait plus sur ses jambes. Perplexe, il se massa l'aisselle et les jambes, là où les branches l'avaient heurté. Heureusement, il avait toujours son sac.

– Toi aussi, tu es tombé ? demanda-t-il au renard.

– J'avais réussi à m'arrêter juste avant le grand saut, répondit Rubah, quand une espèce de sanglier hilare m'a projeté dans le vide, figure-toi.

– Quel vol ! J'ai cru mourir... Comment as-tu fait pour ne pas te faire mal ?

– Jeune, j'ai observé des heures durant des écureuils volants. Comme je les enviais !

– Tu avais surtout très envie de les croquer, oui !

– Aussi. Mais leurs bonds prodigieux m'ont toujours laissé admiratif. Aujourd'hui, je sais que je n'ai pas leur grâce, mais pendant un instant, j'ai compris leur bonheur.

Ils regardèrent autour d'eux : ils se trouvaient dans une forêt extraordinaire.

Le lierre-ombilic

De longues tentures de soleil ondoyaient dans le vaste espace entre les arbres. C'étaient de très vieux chênes et quelques sapins à l'ampleur impressionnante. Nandeau se sentit minuscule, mais en sécurité. Remarquant que Rubah dressait les oreille, Nandeau lui demanda :

— Tu crois qu'il est là ?

— J'en doute, sauf s'il sait voler.

Alors, Nandeau avança, admirant la majesté de l'endroit. De gigantesques arbres se rejoignaient à des hauteurs vertigineuses. La lumière, filtrée par la canopée, vibrait sur les doigts de l'enfant. Les bras musculeux des lierres grimpaient à l'assaut des troncs colossaux. Sous les cimes, des nuages d'oiseaux bleus aux ailes miroitantes circulaient comme de lointains bancs de poissons, à des altitudes phénoménales.

— Je n'ai jamais vu d'arbres aussi grands !

– C'est parce que aucun homme n'est jamais venu les couper. Certains doivent être millénaires.

Nandeau se rendit alors compte que la forêt n'était pas proportionnée aux hommes, mais certainement à d'autres créatures, bien plus grandes.

Plusieurs fois, il crut déceler un mouvement infime sur les troncs, le long des lierres, mais lorsqu'il tournait la tête, plus rien ne bougeait. Il fut rassuré de n'entendre que leur propre respiration. Il ne sentait pas la présence de Tourkoul.

Ils progressèrent et découvrirent rapidement les premières pierres. C'étaient de longues lames plates, grises, parfaitement lisses. Elles faisaient deux fois la taille de Nandeau. Il lui sembla que c'étaient les mêmes que celles qu'il avait vues du haut de la montagne. Toutes avaient le tranchant orienté vers le nord. Il était plaisant de marcher dans le velours herbeux poussant entre les pierres.

Rubah, prudent, suivait Nandeau sans s'approcher des parois.

Ils trouvèrent encore, de loin en loin, quelques pierres isolées, puis vinrent des lames gigantesques, montant droit vers la cime des arbres, qu'elles dépassaient.

– Incroyable ! dit Nandeau, la tête renversée. Ça donne envie de grimper.

– Ou de faire un cache-cache ? dit Rubah d'une voix glaciale. N'oublie pas qui nous suit.

Le lierre-ombilic

Nandeau eut aussitôt honte d'avoir eu une pensée si absurde, et plus encore de l'avoir exprimée. Il passa entre deux lames. Après quelques pas, son enthousiasme retomba. Il avait l'impression de marcher entre deux falaises qui pouvaient l'écraser à tout moment. Il accéléra, les bras collés au corps, et leva la tête. Des arbres tordus avaient poussé sur de maigres saillies. Leurs racines coulaient le long de la roche et s'enfonçaient dans la terre. La pierre était couverte d'une mousse lumineuse, douloureuse aux yeux de Nandeau. La fraîcheur de l'endroit le fit frissonner.

Ils passèrent entre deux autres pierres. De l'autre côté, le chemin continuait. Le silence était absolu. Nandeau se retourna et murmura, haletant de peur :

– Dépêchons-nous !

Rubah ne prit pas le temps de répondre. Il fila. Nandeau se mit lui aussi à courir. La panique étreignait les deux amis, et l'ombre humide des parois grises les écrasait.

Nandeau s'immobilisa dans l'étroite fissure séparant deux lames. L'odeur de serpent serrait autour de lui ses volutes écœurantes. Rubah l'interrogea du regard.

Là-bas, au loin, quelque chose bougea à l'entrée du corridor.

– Il est là, dit Nandeau dans un murmure.

Il aurait tant voulu se tromper ! Le renard fila. Nandeau frôlait les parois, toujours plein nord. Ils changèrent plusieurs fois de chemin et se trouvèrent dans un couloir bien plus étroit où Nandeau dut avancer de profil, le visage à quelques centimètres de la pierre froide. Il s'y cogna sans ralentir. Rubah s'arrêta devant deux lourdes racines poisseuses, hérissées de poils soyeux.

– Je crois que nous l'avons semé, dit le renard dans un souffle.

Mais Nandeau n'eut pas le temps d'acquiescer : une des deux racines s'enroula autour du renard et Rubah s'envola. Nandeau, pétrifié, suivait les yeux terrifiés de son ami quand brusquement, la deuxième racine se saisit de lui et l'emporta à son tour dans les airs. Par réflexe, il attrapa le long bras et s'aperçut que la racine était souple : des muscles jouaient sous les poils. Était-ce du sang ou de la sève qu'il sentait ruisseler dans ce bras ? Car on aurait bien dit un membre, d'une puissance phénoménale. Nandeau se retint de crier et tourna la tête en tous sens, essayant de trouver son ami, malgré le vertige.

Il s'élevait toujours plus, sans parvenir à voir ce qui le tenait ainsi. Puis, une pensée jaillit. Il plongea le bras dans son sac, saisit le couteau qu'il y avait mis et assura sa prise sur le manche. Alors qu'il s'apprêtait à enfoncer la lame, un cri retentit quelque part autour de lui.

– NON !
– Rubah ?

Le lierre-ombilic

– Je suis là ! Range ça tout de suite ou nous sommes morts !

Les longs balancements à de telles hauteurs donnaient la nausée à Nandeau qui parvint à dire :

– J'ai… j'ai peur, Rubah ! Qu'est-ce que c'est ?

Le renard fut soudain devant lui, si proche qu'ils auraient pu se toucher. Il flottait, tenu par le long membre. Ses pattes étaient écartées pour tenter de trouver une certaine stabilité, mais ses oreilles étaient droites. Il avait l'œil serein.

– C'est un lierre-ombilic… Il nous éloigne de Tourkoul ! J'imagine qu'il en a reçu l'ordre.

Ils entrèrent dans les frondaisons, où la lumière était plus vive. Une myriade de minuscules oiseaux d'un bleu métallique s'envolèrent autour d'eux dans un nuage bruissant.

– Comment ça ? Qui lui a donné l'ordre de nous enlever ? demanda Nandeau.

– Tu n'as toujours pas compris ? L'Avalombre.

Ils jaillirent soudain au-dessus de la canopée. Nandeau, aveuglé par la lumière éblouissante, s'abandonna tout à fait au lent balancement. Il découvrit enfin le corps de la créature végétale. Elle courait à la surface des arbres. On aurait dit un gigantesque singe sans tête, aux membres disproportionnés. Des tiges faisant office de pattes s'enroulaient, se déroulaient, plongeaient sous les feuilles et filaient vers l'avant pour trouver de nouvelles branches.

Ils allaient vers la grande plaine noire.

— C"est la bonne direction ! dit-il à Rubah.

Le long bras qui tenait le renard fit un vaste moulinet. Pattes en l'air, Rubah coucha les oreilles et gémit :

— Eh bien ! je n'envie pas les oiseaux !

Nandeau était partagé entre la joie de s'éloigner de Tourkoul et la crainte que la créature ne soit pas aussi protectrice que le croyait son ami.

La forêt paraissait sans fin. Nandeau prit le temps d'observer le lierre-ombilic. La fluidité de ses gestes tenait du prodige : jamais la moindre hésitation ni maladresse. Il avançait, attrapait, relâchait, propulsait avec grâce et force, progressant à une vitesse phénoménale. Le fluide qui le parcourait grondait comme un torrent puissant. Nandeau se sentait tenu par une force pure.

Des nuées d'oiseaux bleus s'élevaient par endroits, accompagnant les captifs du lierre en tournant autour d'eux comme des volutes de fumée chantante. Puis ils bifurquaient soudain pour disparaître sous l'écume des arbres.

Étaient-ils toujours aussi haut ? Comme si la créature avait deviné l'interrogation de Nandeau, elle plongea dans le feuillage et entama la descente le long d'un chêne vénérable. Ils descendirent en une lente et vertigineuse

Le lierre-ombilic

vrille, jusqu'à ce que les pieds de Nandeau, sans un choc, touchent la terre meuble.

Alors, le bras le lâcha et le garçon, le cœur battant, les jambes tremblantes, s'écroula au sol. Rubah tituba jusqu'à lui et tomba sur le côté. Quand il ouvrit la gueule, un petit oiseau bleu en jaillit.

Le lierre-ombilic enlaça le grand chêne, enfonça l'un de ses bras dans la terre et s'immobilisa. Désormais, aucun œil n'aurait pu le différencier d'un simple lierre des forêts.

Nandeau s'assit, dos contre le tronc.

– Comment sais-tu que c'est un lierre-je-ne-sais-trop-quoi ?

– Un lierre « je-ne-sais-trop-quoi »… Tu ne manques pas d'ingratitude envers une créature qui vient de nous sauver la vie !

– Mais… est-ce un animal ou une plante ? Je n'ai pas vu sa tête.

– Il n'en a pas. Il communique avec les êtres des forêts par l'un de ses bras enfoncé dans la terre.

– Je n'en avais jamais vu. Toi, si ?

– Non, mais une amie renarde m'en a parlé.

Nandeau lança un regard oblique à Rubah.

– Une… amie ?

Rubah lui lança un regard noir. Nandeau haussa les sourcils et sourit.

– Nandeau, le terrain sur lequel tu t'aventures est glissant.

– Quoi ? Tu fais le timide ?

Rubah plongea son regard dans celui de Nandeau.

– Très bien, alors sache que je te fréquentais depuis quelques jours seulement quand ma mère m'a pris à part de sa portée de trois renardeaux et m'a dit qu'il me fallait faire un choix.

Nandeau rougit et baissa la tête.

– En devenant ton ami, j'ai pris ton odeur. Blaireaux, biches et bon nombre de mes congénères, presque tous les habitants de la forêt, m'ont alors fui. Concernant les loups, je ne me suis pas plaint de leur prudence à mon égard, mais pour ce qui est de trouver une jolie petite renarde…

– Alors, c'est à cause de moi si tu t'es éloigné des tiens ?

Rubah sourit :

– Pas *à cause* de toi, tu ne m'as rien demandé. J'ai choisi ton amitié et je ne l'ai jamais regretté.

– Peut-être qu'un jour tu pourras tout de même trouver une jolie renarde ?

– Non. Il n'y a pas de peut-être, Nandeau. Tu n'as certes ni mon habileté ni mon panache et, avant que tu n'aies bu aux larmes, tu avais l'odorat d'une truite et la vue d'un lombric… Mais que veux-tu, j'aime être avec toi. Partout et toujours.

Le lierre-ombilic

Nandeau, les yeux humides, regarda son ami avec une tendresse nouvelle.

Rubah coucha ses oreilles et gronda :

– Gare à toi si tu tentes de me prendre dans tes bras... Nandeau rit.

– C'est si terrible, de fréquenter un humain ?

– Pire que cela. Si tu n'étais pas le fils de Gondour, les miens m'auraient mis en pièces et laissé aux loups, qui n'auraient même pas daigné nettoyer ma carcasse. On me parle, comme tu l'as vu, mais avec réticence. Et pour les mignonnes de mon espèce, j'ai moins de charme qu'un crapaud buffle.

Rubah se remit sur ses pattes, s'étira, bâilla et dit d'un air enjoué :

– Bon, le sacrifice que j'ai fait en te choisissant ne vaudrait-il pas une tranche de ce délicieux lard dont il reste un morceau ?

Nandeau coupa ce qu'il y avait encore de pain et de lard, et ils mangèrent les dernières pommes de terre. Il ne restait presque plus d'eau dans la gourde.

– La limite de la forêt ne doit pas être loin, dit Nandeau, mais avant, il nous faut trouver de l'eau.

Le garçon ferma les yeux et se concentra. Il entendit des oiseaux, des bousiers creuser la terre et quelque chose courir sur les pierres, avec un bruit doux et régulier. Il sentit même la fraîcheur de l'endroit. Alors, un sourire se dessina sur ses lèvres et il dit avec enthousiasme :

– Il y a une rivière tout près ! Suis-moi.

Il partit à grands pas, mais s'arrêta rapidement. Rubah ne l'avait pas suivi. Il se léchait la patte, les yeux mi-clos.

– Pourquoi ne viens-tu pas ? demanda Nandeau d'un ton sévère.

– Parce que tu ne vas pas du bon côté.

L'enfant revint sur ses pas, le visage fermé.

– Eh, comment le sais-tu ?

– Parce que, même en ayant bu aux larmes, tu n'as toujours pas les capacités olfactives hors normes de notre espèce.

– Ni votre humilité ?

Le renard sourit et partit dans la direction opposée, sous le regard offusqué de Nandeau.

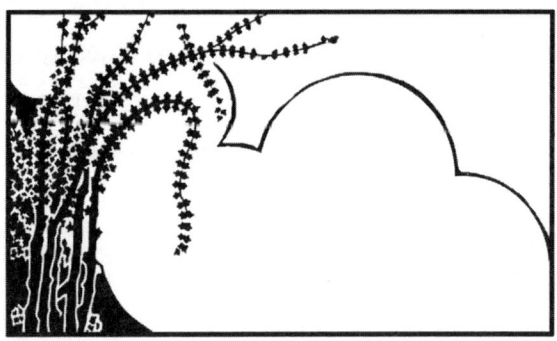

Le géant blessé

Rubah levait fréquemment le museau pour ne pas perdre la piste qu'il suivait car, Tourkoul distancé, il ne fallait surtout pas pour autant se laisser surprendre. Le renard bifurqua vers l'est avant de reprendre vers le nord. Au détour d'un virage, il découvrit une légère dénivellation : on aurait dit un chemin en pente douce, s'enfonçant entre des murs de fougères, d'orties et de ronces.

Nandeau ralentit quand la pente se fit plus franche. Concentré pour ne pas tomber, il fut surpris de trouver Rubah assis face à lui. Le renard souriait. Nandeau leva la tête et écarquilla les yeux de ravissement : en contrebas du chemin s'ouvrait un cirque profond, où coulait une lumière douce et chaude. Un filet d'eau sortait d'un large trou au milieu de la muraille de roche humide. Une végétation lumineuse tapissait les parois et le bord d'un bassin d'eau claire, où flottait un homme, membres écartés. Il ne portait qu'un pantalon en loques coupé aux genoux. Il avait une longue barbe.

Nandeau regarda Rubah.

– Que penses-tu de ça ?

– L'eau semble pure, ma foi, et l'autochtone ne paraît pas hostile.

Nandeau descendit sur la pointe des pieds. L'homme ne semblait toujours pas avoir perçu leur présence. Ses yeux, d'un vert presque transparent, fixaient le ciel comme s'il écoutait attentivement quelque chant mélodieux. Ses joues et ses lèvres étaient parcourues d'infimes tressaillements. Son ventre était couvert de libellules noires battant des ailes.

Quand le renard et l'enfant s'approchèrent du bassin, les libellules se regroupèrent en un essaim sifflant, qui fila en serpentant dans le trou de la paroi. L'eau du bassin, en un instant, se tarit, et l'homme se releva sur ses coudes, hébété. Ses cheveux poivre et sel étaient attachés en chignon à l'arrière de la tête. Il regarda autour de lui et, aussitôt, ses yeux exorbités ne laissèrent aucun doute sur son sentiment : il était furieux de l'intrusion des nouveaux arrivants. Il se leva prestement. C'était un homme immense au cou puissant, presque un géant. Une large cicatrice blanche courait sur son buste massif. Nandeau ne put s'empêcher de laisser son regard s'attarder sur son bras droit. Il lui manquait une main.

Le géant blessé

La bouche de l'homme s'ouvrit et les mots sortirent dans un éboulement de pierrier :

– Que fais-tu ici ? Va-t'en !

Rubah coucha les oreilles et recula, mais Nandeau ne fit pas un geste. L'homme prit une pierre et la jeta devant ses pieds.

– Retourne d'où tu viens !

Nandeau ne bougeait toujours pas.

Rubah dit tout bas :

– Les propos de cet individu sont limpides, Nandeau. Et nous avons assez d'un ennemi, inutile de les multiplier. Nous trouverons de l'eau ailleurs.

Mais le garçon avait plongé son regard dans celui du colosse. Il s'approcha sans un mot, et les yeux de l'homme s'agrandirent. Il avait peur.

– Qui êtes-vous ? demanda Nandeau. Vous avez les mêmes blessures que mon père.

L'homme parut comme foudroyé. Il se tourna lentement.

– Ton père ?

– Il était chevalier. Je suis à sa recherche. Il s'appelle Gondour, il a bu aux larmes.

Les yeux de l'inconnu s'adoucirent. Il sembla soudain perdu. Puis ses jambes parurent céder sous lui, il s'effondra doucement et se recroquevilla. Il devint un rocher de peau, dense, inerte. Ses lèvres étaient pâles. Nandeau s'agenouilla devant lui.

Un tressaillement puissant parcourut les muscles de l'homme lorsque le garçon lui demanda :

– Vous étiez un chevalier, n'est-ce pas ?

Il hocha la tête et Nandeau toucha son bras. Sa peau était glacée.

– Plus jamais, dit le colosse, plus jamais je ne boirai à ces maudites larmes !

– Je dois trouver mon père. L'Avalombre nous aide, il nous protège contre Tourkoul, qui est sur notre piste. Il nous faudra le vaincre.

– Personne ne peut rien contre Tourkoul, dit-il, les yeux remplis d'une peur que son puissant corps ne pouvait contenir.

Soudain, les tremblements cessèrent, et l'homme soupira profondément. Ses lèvres retrouvèrent leur couleur. Il soupira profondément.

– Oui, mon garçon. J'ai fait partie des monstres.

– Quels monstres ? demanda Nandeau, assombri. Je n'aime pas ce mot. Mon père n'en a jamais été un. Lui n'a pas porté l'armure.

Le géant acquiesça.

– Je peux en témoigner, j'ai combattu à ses côtés.

– Vous voulez bien me raconter ? demanda Nandeau.

L'homme fixa le vide devant lui et ses yeux s'ouvrirent très grand. Il se leva et prit fermement le poignet de Nandeau.

Le géant blessé

– Alors, c'est cela, tu es venu pour savoir ce qui s'est passé ?

Rubah, les yeux affolés, glapit :

– Sauve-toi, Nandeau ! Va-t'en ! Mords-le ! C'est un fou.

– Non, dit l'inconnu, je ne suis pas fou. Pas aujourd'hui, en tout cas. Il est trop tard maintenant, je vais te faire voir ce que nous avons fait. Pour que tu saches ce que nous sommes.

Le miroir de sang

Le géant emmena Nandeau jusqu'au milieu du bassin. L'eau tiède se mit à monter. Rubah, la queue entre les pattes, faisait des allers-retours sur la berge. Quand enfin il osa faire un pas vers eux, l'homme prit une lourde pierre, la leva et dit froidement à l'animal :

– Reste où tu es. N'aie crainte, il n'arrivera rien à ton ami. Ça ne regarde que lui, moi et son père.

Rubah recula en gémissant. Nandeau lui sourit pour le rassurer.

Lorsqu'il regarda à nouveau le bassin, l'eau était rouge.

L'homme posa les mains sur les flots, où apparut l'image d'une forêt dense. Une horde de silhouettes couvertes d'armures noires chevauchaient en hurlant. Les cavaliers se bousculaient, bouche ouverte sur des rires déments. Ils brandissaient de longues lances, que Nandeau reconnut immédiatement. Seul un d'entre eux ne portait pas d'armure. Celui-ci suivait, à quelques mètres du groupe.

– Papa... dit tout bas Nandeau en tendant la main vers son image.

Une onde passa sur les flots, qui révélèrent une autre scène. Cette fois, les guerriers descendaient une pente dans la poussière. Les chevaux écumaient, pattes tendues, leurs grands yeux roulant de terreur. Ils rejoignirent la plaine où des paysans cultivaient les champs. En voyant les cavaliers, femmes, hommes et enfants se cachèrent sous les charrettes. Les chevaliers fondirent sur eux.

Nandeau recula, mais la main ferme de l'homme lui saisit aussitôt le bras.

– Tu as voulu voir, alors regarde !

Les flots, à nouveau, se troublèrent et devinrent plus sombres. Les cavaliers piquaient maintenant vers un château. Les chevaux avaient les pattes et les flancs couverts de sang.

Quelqu'un courait pour échapper aux chevaliers. Il fut renversé et piétiné par le groupe, et ne se releva pas. Le père de Nandeau, toujours, restait à distance.

Le garçon remarqua également un homme qui s'enfuyait de la forteresse par une porte dérobée. Les chevaliers le virent, mais le laissèrent s'éloigner.

– Pourquoi ne le rattrapent-ils pas ?

– Nous savions qu'il préviendrait les seigneurs. Or nous voulions combattre. Il nous fallait le sang.

Une onde effaça pour un instant le tableau. Mais alors que Nandeau levait la tête et prenait une profonde inspiration, l'homme entoura ses épaules et dit d'une voix calme :

– Je suis désolé, il faut aller jusqu'au bout. Sans cela, tu douteras toujours de ton père.

Alors, les images réapparurent sur l'eau.

Nandeau voyait à présent Gondour immobile, sans armure, en dehors du groupe piaffant d'impatience. C'était l'aube, et une inquiétante ligne noire s'avançait dans la plaine, soulevant un nuage où jouaient les rayons d'un soleil orange. C'était l'armée. Face à ces dizaines d'hommes armés, disciplinés, s'avançant en une ligne parfaite, le groupe des douze chevaliers parut soudain dérisoire. On aurait dit une horde agitée, un essaim de mouches noires.

Et toujours, le père de Nandeau restait à part.

Enfin, les adversaires s'immobilisèrent, et un homme sortit de la foule de l'armée des seigneurs. Il était grand, se tenait droit et portait un casque qu'éclaboussait le soleil. Il leva sa visière, dressa son épée, mais avant qu'il ait prononcé un seul mot, une lance se figea dans l'ouverture de son casque. Alors, son bras retomba mollement et sa main lâcha l'épée. Son corps vacilla lentement et tomba d'un seul bloc. Le cheval s'éloigna au trot.

Le miroir de sang

– C'est ma lance, dit tout bas le géant à côté de Nandeau. Je n'ai pas eu à viser, elle a filé sans que j'y mette de force.

Le bassin se couvrit d'un voile noir, et Nandeau eut l'impression d'être au cœur de la mêlée. Les chevaliers aux armures sombres frappaient, transperçaient le cuir et la peau, riaient, sautaient sur leurs ennemis et les achevaient à terre. Leurs adversaires portaient de rudes coups qui ne les faisaient pas même chanceler. Leurs armures d'écailles n'étaient marquées d'aucune trace. Ils ne prenaient pas même la peine de parer les coups. Ils faisaient tomber l'ennemi et enfonçaient leurs armes à travers les corps comme s'ils étaient faits de boue. Ils frappaient, perçaient et se jetaient sur de nouvelles proies, bouche noire tendue au ciel, yeux roulants de folie. Cela dura. Cela dura longtemps.

Le bassin se chargeait de nuages d'écume sombre.

Des chevaux piétinaient bêtes et chevaliers. Des hommes se sauvaient, aussitôt rattrapés par des lances qui se fichaient dans leur cœur. Les hommes tombaient, face contre terre. Le sol était poissé de sang.

Nandeau chercha son père. Trois chevaliers grimaçant de rage s'acharnaient sur lui comme des guêpes. Les épées coupaient le cuir, trouvaient les chairs, ouvraient des plaies, mais il luttait, tournant son cheval, frappant de toute part, bousculant les chevaux pour se libérer.

Même s'il connaissait l'issue de la bataille – son père avait survécu –, Nandeau tremblait d'effroi. Pour la première fois, il voyait la peau de son père s'ouvrir, son sang couler, sa bouche se serrer dans la douleur.

Alors qu'il frappait un chevalier sur son flanc droit, un coup dans le dos le fit vaciller. Puis un coup d'épée au visage l'aveugla de sang. Il s'essuya, un instant sonné, et cet instant aurait dû suffire à le voir mourir. Nandeau, malgré lui, poussa un cri d'effroi.

Un ennemi se colla au cheval de son père. Il leva sa masse d'arme hérissée de pointes, la bouche crispée par l'effort, mais ne finit son geste : son expression se chargea de stupeur. Une pointe sortait par son plastron. Il la regarda sans comprendre et chuta. Un instant plus tard, un cavalier en armure noire retirait sa lance de son corps.

Nandeau soupira et reconnut celui qu'il avait à ses côtés. Ses dents claquaient dans le vide, son regard était fou. Il n'avait alors pas de barbe, mais les cheveux dépassaient de son heaume. L'ennemi attrapa Gondour, le tira en travers de son cheval et poursuivit le combat.

Il ne resta bientôt plus d'adversaires. Des chevaux désœuvrés, ensanglantés parcouraient la plaine sans savoir où aller.

Nandeau compta les chevaliers de Galondran. Ils étaient tous indemnes. Seul son père avait été blessé. Ils s'écartèrent du champ de bataille sur leurs chevaux, en enjambant les corps.

Le garçon vit ensuite leurs paupières cligner comme s'ils s'éveillaient. Plusieurs couvrirent leur bouche en découvrant le carnage et se détournèrent avec horreur. Des armes tombèrent. Les chevaliers s'éloignèrent lentement, sans un mot. Mais le sauveur de Gondour resta sur le champ de bataille. Il retira son armure, l'abandonna sur la terre souillée et jeta son arme.

Le bassin était presque entièrement couvert d'écume noire, à présent. Il restait une trouée dans laquelle Nandeau vit un ennemi se lever, boiter en s'aidant de son épée. Il tomba plusieurs fois et se releva, les cheveux poisseux, les mains striées de sang, les yeux rivés sur l'homme qui portait son père dans ses bras. L'ennemi se rapprochait inexorablement.

Nandeau se raidit.

– Nous y sommes, dit l'homme dans un souffle. Regarde bien.

Il serrait le bras de Nandeau à lui faire mal.

L'ennemi hurla. De surprise, l'homme lâcha Gondour et, quand il se retourna, le bras tendu pour se défendre, il se fit couper la main. Il la regarda se crisper puis se figer comme une araignée morte. Puis l'ennemi, avec les dernières forces qu'il lui restait, entailla le torse du géant d'un grand coup d'épée avant de s'écrouler, mort.

– Alors, c'est comme ça que vous avez été blessé... murmura Nandeau.

– Oui, répondit l'homme, cet imbécile n'a pas eu la force de me donner le coup de grâce.

– Vous avez sauvé mon père.

– Mon garçon... Aucun de nous ne sera sauvé tant que Tourkoul nous tiendra. Nous sommes tous morts, en vérité, ce triste jour. Nous avons tué tellement de gens ! Tant de bons chevaliers à qui nous n'avons laissé aucune chance !

– Vous n'êtes jamais revenu au château, après ce jour ?

– Jamais.

Morvent le solitaire

— Comment mon père a-t-il fait pour rentrer avec ses blessures ? Vous l'avez emmené ?

L'homme sourit dans le vide.

– Non. C'est une femme qui nous a sauvés.

Nandeau chercha son regard, soudain perdu.

– Maman ?

Le mot creusa un peu plus le vide dans son ventre.

– Ta mère, oui. Vous vous ressemblez beaucoup, tu sais. Nous étions couchés avec Gondour, tous les deux trop faibles et trop vidés de notre sang pour pouvoir nous relever. Les autres chevaliers nous avaient abandonnés : sans doute nous avaient-ils considérés comme morts. J'ai lutté des jours et des nuits pour garder la tête hors de la boue noire. Ton père s'enfonçait, il appelait ta mère. Je maintenais son visage à l'air libre, tant bien que mal. À bout de forces, j'ai fini par hurler que quelqu'un vienne nous achever. Les corbeaux étaient sur mon dos à piquer mes chairs. Je les chassais, mais ils savaient que je n'avais pas la force de leur faire du mal. Ils revenaient dès que je sombrais. Et puis, un soir, il y a eu un cheval à côté de nous. Et cette femme qui nous regardait. J'ai cru que c'était la mort et je lui ai souri parce qu'elle était de toute beauté. Elle attendait manifestement un enfant, pourtant sa force était prodigieuse. Je n'ai jamais compris comment elle est parvenue à nous faire monter, ton père et moi, sur son cheval. Mais elle nous a conduits jusqu'ici, elle a pansé nos plaies. J'ai oublié beaucoup de choses de ces quelques jours, mais je me souviens qu'elle ne souriait jamais. Et aussi… qu'elle n'a pas poussé un gémissement le jour où elle t'a mis au monde.

– Alors, je suis né ici ? demanda Nandeau en regardant le lieu où ils se trouvaient comme s'il le découvrait.

– Au bord de ce bassin, oui, sur une peau de loup qu'elle avait prise avec elle. Ton père avait une forte fièvre, il était encore à moitié inconscient, alors c'est moi qui l'ai aidée. Comme j'ai pu. C'est ma main qui t'a recueilli.

Il ouvrit la paume, et Nandeau l'effleura doucement, du bout des doigts.

– Elle t'a nourri, m'a dit que tu t'appellerais Nandeau et que ton père te ramènerait chez toi quand il aurait recouvré ses forces. Puis…

Il posa sa grande main sur la tête du garçon.

– … puis elle est partie.
– Partie ?
– Une nuit, je les ai entendus parler, elle et ton père. Et au matin, elle n'était plus avec nous.

De douloureuses questions assaillirent Nandeau.

Pourquoi était-elle partie ? Pourquoi l'avait-elle laissé ? Ne les aimait-elle donc pas, lui et son père ? Qu'avait-elle dit à Gondour juste avant son départ ?

Le garçon finit par prendre congé du géant pour rejoindre le renard, la tête encore pleine de toutes ces images anciennes qui venaient de s'ouvrir à sa conscience.

– Alors ça y est, tu as fini d'être fou ? demanda Rubah, les oreilles couchées. Bon, et si tu m'expliquais votre petit jeu ?

Nandeau le regarda sans comprendre.

– Eh bien quoi ? Vous avez passé plus d'une heure à fixer les pierres blanches au fond de l'eau, avec des mines à terrifier des loups ! Qu'ont-elles de si effrayant, ces pierres ? Si tu n'avais pas eu l'air si apeuré, j'aurais eu la certitude que tu me faisais tourner en bourrique.

– Comment ?… Tu n'as rien vu ?

– Vu quoi ?

– Mais… la bataille… les morts ? Le sang, tout ce sang et ces cris !

– Des cris d'écrevisses ?

– Je ne blague pas, Rubah !

– Moi non plus ! dit le renard agacé. Je ne vois absolument pas de quoi tu parles ! Moi, j'ai vu des pierres ! Rien que des pierres ! De quel sang parles-tu ?

Nandeau hésita.

– J'ai vu mon père.

Il se retourna et ajouta en regardant l'homme resté au milieu du bassin :

– Cet homme l'a sauvé, autrefois.

Rubah suivit Nandeau jusqu'au géant, qui se tenait toujours assis au bord du bassin.

– Merci de m'avoir montré ce qui s'est passé.

– Tu sais, ton père n'est pas coupable. Il n'a jamais tué d'Avalombre et s'est battu loyalement, sans armure. Tu peux être fier de lui.

– Je sais. Vivement que je le ramène et que nous puissions reprendre notre vie !

L'homme se leva lentement et posa sa main unique et puissante sur la tête de l'enfant.

– Comment vous appelez-vous ? demanda Nandeau.

Le géant hésita.

– Je n'ai plus de nom depuis que je suis revenu de la bataille…, mais je me suis appelé Morvent.

– Morvent, vous n'aviez pas de famille ?

Les yeux de l'homme brillèrent.

– Si. Une femme et une fille.

Morvent le solitaire

Nandeau retint ses mots alors que l'homme lui confiait, tremblant :

– Elles ne m'auraient pas reconnu si j'étais revenu. J'aurais fait peur à ma fille. Elles ont cru que j'étais mort, et ça n'est pas faux.

– Alors, vous n'avez plus parlé à personne ? Jamais ?

– Plusieurs chevaliers sont passés ici au début, des camarades de bataille. Tous à bout de forces. Je ne les ai plus revus depuis des années. Seul ton père passe encore parfois, lorsque la douleur devient trop vive. Nous nous parlons un moment, puis il s'en va.

Nandeau comprit que l'homme n'en dirait pas plus. Il demanda :

– Quand nous sommes arrivés, vous aviez des libellules noires sur vous…

L'homme sourit amicalement à Nandeau, comme pour le remercier de l'éloigner d'un sujet trop douloureux.

– Elles m'aident à me vider de toute pensée. Elles boivent mes rêves, mes cauchemars, mes songes.

Le silence envahit à nouveau tout l'espace.

– Et… que mangez-vous, par ici ? demanda le garçon.

– Rongeurs, fruits, racines, champignons, lichens… Ma main prend, je mange.

– Quel genre de rongeurs : des mulots ?

– Des mulots parfois, oui.

Rubah lança un regard ravi à son ami.

Morvent dévisagea Nandeau et dit :
– Vous attendez quelqu'un ?
– Non, pourquoi ? demanda l'enfant, une lueur d'affolement dans les yeux.
– Parce que ton regard se tourne régulièrement vers l'endroit d'où vous venez.
Nandeau prit une profonde inspiration et dit :
– Tourkoul est sur nos traces.
– Est-il loin ? l'interrogea l'homme.
– À plusieurs heures, si tout va bien. Nous avons été transportés par un lierre-ombilic. Il nous a fait gagner une bonne journée d'avance sur lui.
– Dans ce cas, faites-moi le plaisir de partager mon repas du soir. Vous partirez dans la nuit. Peu importe qu'il fasse jour ou nuit pour vous engager là où est allé Gondour.
Rubah leva les yeux et dévisagea l'homme, à la recherche d'une explication.
– Avant d'accepter votre invitation, dit Nandeau, dites-moi seulement que nous ne mangerons pas de mulot.
Rubah ne put s'empêcher de sourire.
– Non, pas de mulot, mais un mets de choix, le meilleur ! Il suffit d'aller le chercher.

Tristes présages

Morvent se leva, disparut dans le trou d'où coulait le filet d'eau et en sortit avec une poche de cuir et un crochet de fer enfoncé dans une poignée de bois.

– Pouvons-nous vous aider ?

– C'est gentil, mais non, c'est trop dangereux. Mais vous pouvez m'accompagner.

Ils sortirent alors du cirque et circulèrent entre les immenses arbres. Morvent, le regard vers les hauteurs, cherchait quelque chose dans les frondaisons. Enfin, au pied d'un gigantesque hêtre, il leva l'index.

– Là !

Nandeau plissa les yeux.

– Là, quoi ?

– C'est là-haut que nous attend notre repas. J'imagine que ton ami et toi aimez les œufs… ?

– Les poules ont l'avantage de ne pas nicher si loin du sol, dit Rubah dans un murmure que Nandeau fut le seul à entendre.

Morvent mit sa poche de cuir autour du cou, planta son crochet haut dans le tronc et se hissa en enlaçant l'arbre de son bras sans main et de ses jambes. Puis il retira le croc, le planta plus haut et monta en tirant sur le crochet. Il s'éleva ainsi rapidement, jusqu'aux premières fourches où il se dressa et poursuivit son ascension si haut que Nandeau le perdait parfois de vue. Puis il perçut un mouvement dans les dernières branches de l'arbre et retint son souffle. Morvent rampait sur une longue branche. Le nid était dans une fourche.

– C'est incroyable, il a grimpé avec une seule main !
Rubah hocha la tête.
– Dire qu'il a le courage de grimper dans cet arbre, mais pas de retourner chez lui... Quand nous reviendrons avec papa, nous essayerons de le convaincre de rentrer au village avec nous.
Rubah détourna le regard.
– Quoi ? Tu ne l'aimes pas ? demanda Nandeau.
– Si, si, beaucoup.
– Alors quoi ? Pourquoi ne pourrions-nous pas réussir ? Tourkoul est loin et l'Avalombre nous aide.
– Il n'aidera pas Morvent, tu le sais.

Tristes présages

– Mais regarde-le ! C'est un géant ! Vois comme il est puissant et agile, alors que Tourkoul…

– Cesse de t'aveugler, voyons, tu sais bien ce qu'il risque.

Morvent était à mi-tronc. Il se laissait glisser. Rubah dit tout bas sans le lâcher des yeux :

– Tourkoul t'en veut trop désormais pour ne pas détruire tout ce à quoi tu t'attaches. Nous ne devons pas nous attarder avec cet homme ou nous le condamnons.

Les mots de son ami réveillèrent en lui une peur, la même que celle qu'il avait eue pour le cerf en le quittant. Mais il s'était efforcé de se persuader qu'avec ses bois, sa force…

Il ne put résister :

– Et le cerf ? Tu crois que Tourkoul l'a…

Rubah baissa la tête et soupira.

– Tu le sais aussi bien que moi.

Morvent sauta à terre, rayonnant. Il ouvrit sa poche et en retira trois gros œufs bruns mouchetés. Des œufs de buse !

– Vous avez pris tous ces risques pour trois œufs ! s'exclama Nandeau.

– Oui, mais grâce à eux, nous aurons un repas de fête.

« Ou d'adieu », pensa Nandeau.

Ayant perçu l'expression grave de l'enfant, Morvent lui leva délicatement le menton, et lui dit :

– Allons, il ne faut pas penser à demain, il faut se régaler aujourd'hui.

– Avant, j'aimais me réjouir du lendemain, mais maintenant que Tourkoul est sur nos traces…

Les traits de Morvent se durcirent, ses lèvres s'amincirent et ses yeux prirent des reflets de feu.

– Tourkoul passera forcément par ici.

Les yeux de Nandeau se mouillèrent. Il prit Morvent par surprise en enlaçant son buste puissant. Longtemps, les bras du géant restèrent immobiles, puis ils montèrent lentement et finirent par serrer Nandeau à son tour.

– Je suis un homme du passé, je te l'ai dit. Je n'ai plus de nom.

– Bien sûr que si, vous avez un nom : vous êtes Morvent !

L'homme écarta l'enfant et lui dit d'une voix douce :

– Ne me fais pas regretter la vie, mon enfant… J'ai mis trop de temps à me faire à la mort.

Quand ils revinrent au bassin, Rubah les attendait au bord de l'eau, deux mulots couchés devant les pattes.

Ils mirent les œufs dans les braises d'un feu. Rubah et Morvent mangèrent leur mulot en se félicitant d'un arrière-goût de sarriette et de thym. Mais les sourires retombaient vite, les yeux s'évitaient. Les reflets du feu sur le bassin appelaient le regard de Nandeau. Il avait vu

Tristes présages

le passé. La nuit immense autour d'eux attendait patiemment de les engloutir.

Morvent dit d'une voix sombre :

– Tout à l'heure, vous prendrez plein nord. Gardez la direction, vous n'aurez pas longtemps à marcher pour trouver la Terre Morte. Vous y serez à découvert. Il n'y aura rien pour vous abriter, ni arbre, ni pierre, ni creux, ni colline, rien. Ne vous arrêtez pas avant le bout du monde.

– Pourquoi ce nom : la Terre Morte ?

– C'est la terre de deuil où sont morts les Avalombres. Ils vivaient là, au milieu de végétaux gigantesques à leur mesure. Il reste deux arbres de l'ancien temps à la lisière de la forêt, vous les reconnaîtrez tout de suite. Lorsque nous sommes arrivés pour tuer les Avalombres, c'était un lieu vert, paisible. Les arbres étaient si grands que nous les avons pris pour des piliers tenant la voûte du ciel. Les frondaisons dépassaient les nuages. Nous marchions dans l'ombre de hautes fougères, sur un épais tapis de mousse d'où émergeaient les têtes de fins serpents d'un bleu lumineux. Des oiseaux d'une taille fabuleuse volaient à des hauteurs vertigineuses. Mais il a fallu que Tourkoul nous sorte de l'envoûtement en désignant notre pauvre proie !

Il inspira profondément.

– Quand le premier Avalombre est tombé, les autres ne se sont pas sauvés : ils l'ont pleuré. Pendant que nous emportions les peaux, Tourkoul remplissait son sac de larmes. Ainsi, il préparait notre perte.

– Qu'avez-vous fait de leurs corps, après les avoir tués ?

– Nous les avons précipités dans le vide, au bord du monde. Quand nous sommes venus tuer les autres, le sang du premier avait déjà brûlé la terre. Des arbres s'étaient écrasés, les fougères avaient pourri. De la mousse imbibée de sang noir montait une odeur insoutenable. Mais Tourkoul nous poussait à aller jusqu'au bout. Dès le cinquième Avalombre, il n'y avait plus un arbre debout, plus de fougères, aucun serpent. Au quatorzième, la terre était morte, toute végétation avait fondu dans une boue noire. L'horizon était ouvert. Le sang a séché, rien n'a plus jamais poussé. C'est à présent une terre stérile, un lieu de deuil. Notre honte.

– Vous avez tué quatorze Avalombres ? Pourtant, il n'y a que douze chevaliers et le seigneur Galondran ! Ce qui fait treize. Pourquoi fallait-il quatorze armures ?

– Tourkoul s'en est lui aussi fait faire une.

Rubah et Nandeau échangèrent un regard.

– Et il ne s'en est sans doute jamais débarrassé.

– Et les larmes ? demanda Nandeau. Elles ne doivent pas être loin de l'endroit où vous avez tué les Avalombres. Il me les faut, je dois les récupérer.

Tristes présages

— Nous étions alors bien trop honteux et dégoûtés de nous-mêmes pour chercher à savoir ce qu'étaient ces sortes de pierres. C'est seulement une fois que Tourkoul nous les a proposées que nous les avons reconnues, à postériori.

Ils se turent et cheminèrent un moment en songe dans le souvenir d'une forêt à jamais disparue.

Lorsque le silence se ferma sur le feu comme une lourde cape, Morvent ajouta du bois, laissa monter les flammes, prit une branche enflammée et leur dit de le suivre.

Ils sortirent du cirque par le sentier d'où ils étaient venus et prirent vers le nord.

Morvent posa la main sur l'épaule de Nandeau.

— Quand vous y serez, ne vous arrêtez jamais. Ramène ton père et fuyez aussi loin que possible !

Puis il remit le sac de cuir à Nandeau.

— Il est lourd ! dit le garçon, surpris.

— Tu ne te plaindras pas de ce qui s'y trouve. La gourde est un cadeau pour Gondour.

Les yeux de Morvent brillèrent dans la lueur de la torche.

— Nous reviendrons, dit Nandeau.

Morvent lui embrassa le front et se détourna.

— En route, souffla Rubah à son ami.

Nandeau tendit la torche et s'enfonça dans le voile de ténèbres.

Traverser la Terre Morte

Le renard avançait lentement, comme à regret de laisser Morvent derrière eux. Nandeau, à mesure qu'il s'éloignait du cirque, sentait une lassitude immense peser sur ses épaules.

Tous les deux restaient dans le halo de la torche et dans les souvenirs heureux des dernières heures.

Morvent avait dit vrai, ils parvinrent rapidement à la lisière.

Devant eux s'étendait à l'infini une plaque, sans rien pour arrêter le regard. Une odeur pestilentielle émanait du sol : une odeur de sang, de mort et de peur.

Nandeau, d'abord fasciné, fit quelques pas et ce fut comme s'il avançait entre deux nuits. Sous ses pieds, la terre était dure et lisse, comme de la pierre. Il leva les yeux au ciel et marcha sur le néant. En quelques mètres, il avait perdu tout repère. Depuis combien de temps était-il là ?

– Rubah ?

La réponse vint de si loin qu'il en fut effrayé. Le renard avait-il fui ou était-ce lui qui avait tant progressé ?

– Éteins la torche.

Il la posa au sol et en piétina les braises.

– Rejoins-moi, Rubah, j'ai peur !

– Je suis là, mon ami.

Cette fois, la proximité de la voix le fit sursauter.

– Pourquoi m'as-tu demandé de l'éteindre ?

– Parce qu'une luciole poursuivie par un corbeau éteindrait sa lumière si elle le pouvait.

– Mais… Tourkoul est loin.

– Plus tant que ça.

Le sang de Nandeau se glaça dans ses veines. À nouveau, la lassitude l'envahit, et les doutes affluèrent. Où son père se trouvait-il ? Et les larmes, parviendrait-il à les trouver ? Le néant où ils marchaient semblait boire ses certitudes et ses espoirs.

– Nandeau, où vas-tu ?

– Nulle part, pourquoi ?

– Dans ce cas, cesse d'y aller du mauvais côté et suis-moi.

Nandeau tourna la tête, désorienté.

– Là, dit Rubah.

Il le rejoignit en se guidant à sa respiration.

– Je crains que nous ne nous perdions si nous continuons comme ça, dit Rubah. Je vais donc laisser mes

griffes sorties, ce que je déteste, mais nous ne sommes plus à cela près. Guide-toi à leur bruit et reste concentré, s'il te plaît, je ne peux pas être à la fois devant et derrière toi.
— Je te suis.
Rubah s'éloigna et Nandeau le suivit en ayant l'impression de marcher comme un ivrogne.
— Aïe ! Si tu pouvais éviter de marcher sur ma queue, malotru !
— Pardon.
— Morvent nous a dit de ne pas nous arrêter une fois sur ce terrain, alors en route ! Et reste bien attentif au cliquetis de mes griffes.
Mais Nandeau se rendit très vite compte que l'absence de tout repère obscurcissait sa raison. Il avait trop l'habitude de voir pour rester concentré longtemps sur le bruit discret de son ami.
— Non, par là ! disait parfois Rubah lorsqu'il entendait les pas de Nandeau s'écarter de la trajectoire.

Soudain, le garçon étouffa un cri. Quelque chose venait de le frôler.
— C'est moi ! lui lança Rubah. Tu t'étais endormi.
— Désolé, je ne m'en suis pas rendu compte.
— Ne t'arrête pas, Nandeau. Ne t'arrête surtout pas.
Le garçon ferma les yeux pour mieux entendre la petite musique des griffes. Il écartait parfois les bras avec

la sensation de tomber, et le vertige qui le prenait alors lui soulevait le cœur.

– Est-ce bientôt la fin de la nuit ? demanda-t-il après un long moment.

– Ne la souhaite pas, car alors, nous serons des proies faciles. Mais en effet, l'aube est proche, je la sens.

Le cliquètement des griffes s'accéléra, et Nandeau dut allonger le pas pour suivre le renard. Il avait toutes les peines du monde à garder les yeux ouverts et se mordit la lèvre pour tenter de ne pas se rendormir.

Soudain, devant lui, à quelques mètres seulement, il aperçut deux silhouettes qui avançaient. Un humain et un animal. La main de Nandeau le brûlait.

La voix qui s'éleva l'étonna :

« J'ai une surprise pour vous, mes amis. Rien ne sert de courir, vous ne pouvez m'échapper. »

Un rire aigre éclata.

« Allons, réveille-toi, mon garçon, car c'est ta dernière aube. »

– Bon sang, Nandeau !

L'enfant ouvrit les yeux.

– Ne me dis pas que je me suis encore endor…

Ce qu'il vit le fit taire. C'était une ligne, une fine ligne vert et bleu, mais elle était là, devant eux, leur montrant un horizon, un avenir, la fin du néant. Il allait bientôt faire jour.

Malgré la mise en garde de Rubah, un bonheur immense enveloppa Nandeau, à la mesure de la lassitude et du désespoir qui l'avaient envahi la veille. Ils arrivaient au bout de la nuit et, peut-être, à la fin de cette journée, il serrerait son père dans ses bras.

Le ciel était si grand au-dessus d'eux que Nandeau chancela.

Cette fois, il vit clairement Rubah. La terre continuait devant eux, à l'infini. Ils marchaient vite. Le garçon se retourna pour mesurer la distance accomplie, et ses yeux s'écarquillèrent. Il s'arrêta pour contempler le spectacle qui s'offrait à lui.

Les deux arbres dont avait parlé Morvent étaient là, dépassant de l'orée du bois d'où Nandeau et Rubah venaient, comme des piliers du ciel. Les autres arbres, à côté, ressemblaient à des brins d'herbe. La frondaison de l'un dépassait les nuages. Nandeau n'avait jamais vu quelque chose d'aussi grand, d'aussi beau. De l'autre arbre, il ne demeurait que le tronc, coupé net bien avant les hautes branches. Mais il restait un géant entouré de nains.

– Ils sont… immenses !

– Nandeau, vite, s'il te plaît. Tourkoul est armé.

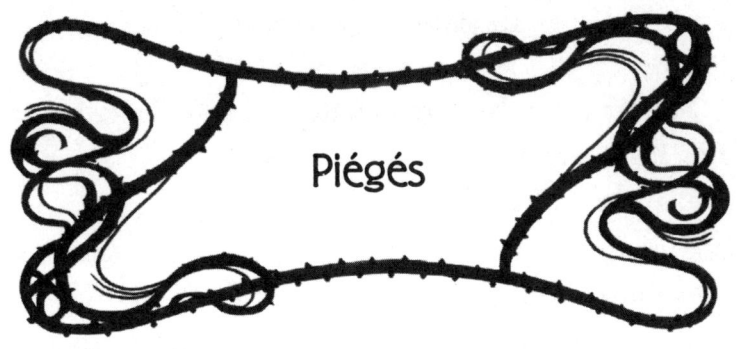

Piégés

Nandeau se tourna et scruta l'horizon. La silhouette de Tourkoul était un point au loin.

– Détends-toi, Rubah, nous avons au moins une journée d'avance sur lui !

Mais son enthousiasme retomba. Rubah fixait toujours leur ennemi, avec des yeux terrifiés.

– Quoi ? Qu'as-tu vu ?

– Nous avons à peine quelques secondes devant nous. Couche-toi ! cria le renard.

– Quoi ? Mais…

Rubah fit claquer ses mâchoires de colère et de peur, et jappa :

– Couche-toi, tout de suite !

Nandeau s'assit, à contrecœur.

– Mais enfin… es-tu devenu fou ?

– Tais-toi et fais ce que je te dis !

Nandeau vit la respiration affolée sur le flanc de son ami. Il s'allongea sur le côté.

— Sur le ventre !

— Mais...

— Vite ! Elle arrive !

Elle ? Nandeau s'exécuta et leva la tête en direction de la lisière lointaine. Il chercha longtemps avant de trouver ce qui mettait Rubah dans un tel état de panique.

Un minuscule point brillant flottait à la surface du sol. Comme l'objet se rapprochait, il évoqua à Nandeau l'aiguille que Noune passait au feu pour la désinfecter avant de lui retirer une écharde. La pointe dans le soleil levant avait le même éclat rouge. Elle grandissait, vibrante de lumière. Nandeau en fut pétrifié. L'objet arrivait à une vitesse extraordinaire. Il volait.

— Qu'est-ce que c'est ?

Le temps que les mots soient prononcés, il avait la réponse.

— La lance de Tourkoul... ! Comment est-ce possible ? Il est à des kilomètres de nous !

Tout son corps voulait fuir. Il plia les coudes pour se lever, mais Rubah lui sauta sur le dos et lui murmura à l'oreille :

— Par pitié ! Ne bouge pas et tais-toi.

Cette voix, aussi importante pour le garçon que celle de son père ou de Noune, le sauva.

Piégés

Il retint sa respiration, ferma les yeux et sentit le renard se tapir sur son dos, prêt à bondir.

Un instant plus tard, il entendit un sifflement se rapprocher. Alors ce fut plus fort que lui : il ouvrit les yeux. La lance, incandescente, volait droit sur lui.

Il lui fallut par la suite se souvenir de la scène plusieurs fois pour comprendre ce que fit Rubah à ce moment-là.

Le renard bondit. Il fut un instant suspendu en l'air, cabré comme pour sauter sur une souris. Puis il retomba pile sur le projectile, qui s'en trouva dévié de quelques centimètres et vint se ficher au sol juste à côté de Nandeau. Le renard, projeté à plusieurs mètres par la force de la lance, fit alors un roulé-boulé sur la terre noire, où il resta couché.

Le garçon n'avait pas eu le temps de faire un geste. Son corps se contractait encore d'effroi.

– Rubah !

Le renard ne bougeait pas.

Nandeau s'agenouilla. Il lui sembla que son cœur s'était arrêté de battre. La lance, encore vibrante, était plantée juste à côté de lui. Pourtant, sa main refusait de quitter la terre noire. Il comprit alors que la lance la traversait. Comment avait-il pu ne pas sentir l'impact ?

Il lutta pour ne pas s'évanouir. Incrédule, il tira sur sa main et ce n'est qu'avec l'odeur du sang que la douleur monta. Elle fusa finalement dans son bras, jusqu'à envahir son esprit comme un brouillard venimeux. Quand il ouvrit la bouche, un voile rouge couvrit le monde.

Par réflexe, il prit la lance dans la main gauche, se rendit compte avec un cri qu'elle était brûlante. Le renard ne bougeait toujours pas. Nandeau tenta de se redresser, ce qui lui arracha un hurlement de douleur. Il chercha l'orée du bois : Tourkoul devait être en route, il avait tout son temps, désormais.

Il scrutait sa main perforée. Ses dents claquaient, des tremblements s'étaient emparés de ses jambes. Ses yeux ne cessaient de revenir à la lance plantée dans sa main. Il n'y croyait toujours pas. Jusqu'à ce qu'il entende :

« Comment te sens-tu, cher enfant ? »

Il eut un hoquet de surprise et chercha autour de lui. Tourkoul, invisible, semblait tout près. Il était pourtant encore à des kilomètres de là, et seule sa voix résonnait à distance, sous le crâne du garçon. Le petit homme était convaincu que sa lance avait frappé sa cible à l'endroit qu'il avait défini : dans la poitrine de Nandeau.

« Il faut un certain temps pour qu'un cœur jeune, même transpercé, cesse de battre. Il n'y croit pas. Il veut continuer. Ma lance ne sait viser que le cœur, elle n'a pu le rater. »

La voix sortait de la lance vibrant doucement dans le sol :

« Nous avons donc quelques secondes ensemble avant que tu ne fermes les yeux, alors laisse-moi te dire encore quelques mots. »

Nandeau serrait les dents. Le monde devenait vague, lointain.

Rubah avait-il bougé ? Il lui avait semblé…

« J'avais confiance en toi, tu sais, une confiance profonde. Nous avions un contrat, et tu l'as bafoué. Tu m'as trahi, Nandeau. Quelle déception ! »

La voix se fit cassante et froide.

« Sale petit morveux, je retirerai ma lance de ton cœur froid, puis je te laisserai au milieu de la Terre Morte et tu y pourriras. N'aie crainte, je m'occuperai également de ton rat rouge. »

Le rire métallique monta de la lance.

« Me berner, moi, Tourkoul ? Mais pour qui t'es-tu pris ? Il me faudra du temps pour trouver un garçon aussi dégourdi que toi, capable de me mettre sur la piste du dernier Avalombre, mais j'ai du temps, contrairement à toi. Combien de cœurs ai-je vu cesser de battre devant moi ? »

Nandeau posa la tête au sol. Son cœur lui faisait mal. Le goût du sang lui donnait la nausée. Il mit sa main valide sur sa bouche pour retenir ses gémissements. À quelques pas de lui, Rubah remua une oreille. Nandeau se mit à pleurer.

« Peut-être ton cœur s'est-il arrêté, maintenant. Mais s'il te reste quelques battements, qu'ils soient pour entendre que tu suis de très près un de tes amis dans la mort. Vous pourrez vous donner la main, n'est-ce pas attendrissant ? Il s'est battu courageusement, comme un diable ! Mais mon désir de te retrouver l'a emporté. Je ne pouvais tout de même pas laisser un va-nu-pieds manchot se dresser entre nous ! Ces chevaliers se sont toujours surestimés. »

Rubah, les yeux mi-clos, leva la tête.

« Bien, j'imagine que tu ne vis plus. Inutile désormais que j'use ma salive. »

Rubah tenta de se mettre sur ses pattes mais Nandeau lui fit signe de ne pas bouger. Les paupières du renard clignotèrent, son museau se tordit. Le garçon parvint à murmurer entre deux tremblements :

– Pas un geste, pas encore !

L'animal s'allongea à nouveau et Nandeau lui sourit. Il mima sur les lèvres :

– Il m'a parlé… Par sa lance.

Les yeux du renard s'agrandirent quand il vit la lance plantée dans la main. Ses babines se retroussèrent.

Nandeau lui lança un regard farouche.

– Il croit que je suis mort.

Rubah soupira et s'approcha en rampant très doucement. Il regarda son ami avec tendresse, puis la main transpercée.

Piégés

Nandeau suait abondamment. Des frissons le parcouraient, mais la douleur avait changé. Les spasmes puissants qui lui ouvraient la bouche étaient suivis de courts moments de répit. Il profita de l'un de ces instants pour saisir la lance de sa main libre. Elle était tiède, à présent. Il tira de toutes ses forces sous le regard attentif de Rubah, en vain.

Alors, le renard prit la lance entre ses crocs et tira dessus, lui aussi, en grognant. Puis il essaya de la ronger, mais ses dents crissaient sur la matière sans même l'entamer. Hors d'haleine, il regarda du côté du bois.

– Il n'y a rien à faire, dit-il sombrement.

– Il doit pourtant y avoir un moyen, dit Nandeau tout bas, avant que sa conscience ne disparaisse de nouveau dans une grande vrille brûlante.

Seul lui parvenait le son de sa propre respiration, précipitée. Il était difficile de garder une pensée cohérente. Il frappa son front contre la terre morte, puis recommença, et recommença encore. Le son entrait et se propageait en ondes sourdes, qui atténuaient celles de sa douleur. Il n'avait plus peur. Il frappa encore et encore, et encore, et cela ressembla à un battement profond. Il s'oubliait. Enfin, une vague chaude et lourde l'emporta pour de bon, et le monde s'évanouit.

Quelques instants, ou quelques heures plus tard, il s'éveilla en sursaut. Le dard de souffrance planté dans sa main le ramena immédiatement à sa situation désespérée.

– Rubah ?

Le renard était lové sur son dos.

– Il faut que tu partes, lui murmura le garçon. Tu es rapide, il ne t'attrapera pas. Rentre et préviens Noune que je ne reviendrai pas. Mais ne lui dis pas que Tourkoul m'a tué.

Il se tut et attendit qu'une nouvelle accalmie lui permette de poursuivre. Une idée lui vient tout à coup.

– Rubah ! Fouille dans mon sac. Prends mon couteau.

Le renard se coula à côté de lui.

– Attends, Nandeau, pas de geste désespéré ! Je reste avec toi jusqu'au bout. Partout et toujours, tu le sais.

– Trouve mon couteau, vite !

Rubah vit une lueur d'espoir dans le regard brouillé de son jeune compagnon. Il introduisit son museau dans le sac et trouva le couteau. Nandeau le prit fébrilement. Il tenta d'enfoncer la lame en tournant le couteau dans le sol, mais elle ne s'enfonça pas d'un millimètre. De rage, il frappa devant lui et, comme par miracle, la lame s'enfonça jusqu'à la garde.

Alors, il se mit à creuser comme un forcené, serrant les dents quand l'onde rouge l'envahissait.

Il parvint à faire un trou assez grand pour que Rubah puisse y passer la tête. Le renard renifla, retroussa ses lèvres de dégoût et contempla Nandeau.

Piégés

– Ça sent la mort, là-dedans !

Mais il s'enfonça sans hésiter et creusa avec frénésie pour dégager la pointe de l'arme. Lorsqu'il eut disparu dans le trou, Nandeau se laissa envahir par une torpeur agréable. Il se sentit porté par ce qu'il perçut comme un chant doux et rassurant. Une mélodie le berçait, comme celle que Noune fredonnait quand il avait mal. Soudain, une voix profonde sortit de cette douce mélopée :

« Tu vivras, fils de Gondour, et tu iras vers l'aube. »

– Nandeau ! cria le renard qui grattait toujours la terre. Tire sur la lance, pendant que je continue de creuser ! Tu devrais bientôt pouvoir sortir la pointe de ta main.

Nandeau s'extirpa tout à fait du songe qui l'avait emporté loin de cet enfer et empoigna le manche qu'il tira de toutes ses forces vers le haut. Il sentit que l'arme bougeait dans la plaie, et la douleur lui arracha un hurlement. Il était trempé de sueur. Les voiles d'un velours rouge et brûlant l'enveloppaient.

Et soudain, la lance céda : sa main fut libre. Un large trou la traversait.

Le front sur le sol, après avoir lancé l'arme le plus loin possible, Nandeau laissa les larmes de douleur et de joie se mélanger. Rubah bondit du trou, le poil hérissé, les oreilles couchées, la queue entre les pattes, les yeux ronds.

– Quelle horreur ! On entend encore des chants, là-dessous, des mélodies lentes et tristes. Le chant des Avalombres.

Nandeau se leva en serrant le poignet de sa main trouée. Il saignait abondamment.

– Merci pour ton aide, Rubah. Sans toi...

– Épargne-moi des remerciements trop précoces, mon ami. Nous en reparlerons quand nous serons sortis de là et que je me serai débarrassé de l'ignoble odeur qui couvre mon noble pelage. Pour l'instant, ce qui m'inquiète le plus, c'est... tout ce sang que tu perds !

Nandeau acquiesça et, soudain, les propos de Tourkoul rejaillirent dans son cerveau.

– Il a tué Morvent ! murmura-t-il, les yeux embués.

Rubah hocha la tête. Nandeau s'agenouilla et approcha un doigt de son pelage marqué d'un trait sombre. La trace de l'arme brûlante de Tourkoul.

– La lance m'a assommé, dit le renard, je crois avoir fait un petit somme.

– Dire que tu ne t'es pas reposé de toute la nuit...

– Dois-je te rappeler que je suis un animal nocturne... ?

– J'ai entendu l'Avalombre, Rubah. Il m'a dit qu'il fallait aller vers l'aube.

Le renard obtempéra et partit en trottant, mais il dut ralentir car Nandeau titubait derrière lui en tenant sa main meurtrie. Ses jambes le tenaient à peine, bien que déjà le sang coulât avec moins de force.

Le garçon regarda le ciel et, malgré la blessure, la peine, la désolation de l'endroit qu'ils traversaient, il eut envie de crier sa joie d'être vivant. Lui ne mourrait pas ! Il résista au désir de se retourner : Tourkoul, sur cette terre vide, l'avait forcément vu se lever et marcher. Nandeau sourit au plaisir d'imaginer son visage grimaçant de stupéfaction, d'incrédulité, de colère.

Oui, il était debout, en marche, le cœur battant, alors qu'un instant auparavant il était condamné ! Tourkoul pouvait regarder son mort se lever. Un jour ou l'autre, lui aussi tomberait, et Nandeau serait là pour que jamais il ne se relève.

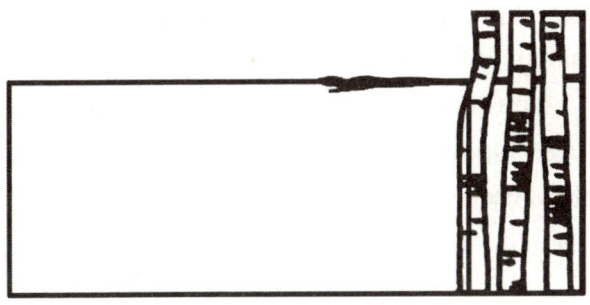

Au bord du monde

Rubah se retournait régulièrement et observait le trou dans la main de son ami en retroussant les babines.

Dès que Nandeau bougeait les doigts, la douleur fusait. Mais il marchait plus vite désormais, poussé par l'idée que ce qu'avait fait Rubah pour lui sauver la vie ne pouvait rester vain. Il vengerait Morvent et son père. Tourkoul ne devait pas les rattraper car, ici, avec sa blessure, sans arme, il ne pourrait pas lutter.

Lorsque son regard se portait au loin, Nandeau avait l'impression de courir sur place. Il venait de sortir d'un cauchemar pour mieux plonger dans un autre.

Rubah ne ralentissait pas et Nandeau admirait sa grâce et son endurance. Droit devant eux, le soleil poursuivait sa course, unique repère dans cet espace absolument vide et morne.

Au bout de quelque temps de marche, Nandeau s'évada dans des songes inquiétants. Croyant de nouveau apercevoir des mouvements aux limites de sa vision, il se tourna, mais ne vit rien. Il baissa la tête et fixa Rubah en avançant comme un somnambule, des heures durant. Le garçon tenait sa main blessée contre son ventre car, lorsqu'il la laissait basse, il y sentait chaque battement de son cœur.

Lorsque le renard s'arrêta, Nandeau fit de même, attendant qu'il se remette en route. Comme il tardait, le garçon leva les yeux et recula d'un pas en retenant un cri.

Le vide plongeait devant leurs pieds.

Rubah le regardait en souriant.

– J'imagine que nous sommes au bord du monde.

Le renard s'approcha, les pattes frôlant l'abîme.

– Viens voir.

Nandeau se mit à quatre pattes, en prenant soin de ne pas poser sa main meurtrie, et avança prudemment. Puis il se coucha et, devant le sourire amusé de Rubah, passa la tête au-dessus du vide. La paroi, lisse, s'enfonçait dans une mer de nuages gris.

– Qu'y a-t-il, en bas ?

– Qui sait ? Ton père, peut-être…

Nandeau resta silencieux un moment. Puis il dit à mi-voix :

– Nous n'arriverons jamais à descendre.

– Avant que tu poursuives, il faut te reposer, voilà qui est certain.

Nandeau recula et s'assit à distance de l'abîme.

– Avant que… *je* poursuive ?

– Tu sais combien les renards surpassent les humains en bien des domaines ?

– Dans celui de l'humilité, surtout.

Le renard leva la truffe, les yeux amusés.

– Oui, nous sommes fiers, parce que supérieurs, mais pas lorsqu'il s'agit de grimper à un arbre, ni de descendre une paroi abrupte : deux domaines dans lesquels, et cela me coûte de l'avouer, les humains nous surpassent.

– Tu veux dire que je devrai y aller seul ?

– Oui.

– Mais… et Tourkoul ? Tu seras seul, toi aussi ! Il te tuera !

– Il n'a plus de lance et j'ai deux pattes de plus que lui pour le fuir.

Nandeau mit la tête entre ses genoux. Tout lui semblait à nouveau insurmontable. Ce vide partout autour de lui et, surtout, l'idée de poursuivre la route sans son ami.

– Non, murmura-t-il tout bas, en regardant sa main ensanglantée. Impossible.

Rubah s'assit face à lui.

– Nandeau, souffla Rubah, je sais ce qui te désespère ! Tu as faim !

– Je n'ai aucune envie de rire.

Au bord du monde

— L'endroit se prête peu à la chasse aux mulots. Mais j'ai souvenir que Morvent a rempli ton sac…

Nandeau soupira et leva la tête. À l'évocation du géant mort, ses yeux s'embuèrent. Il sortit une petite gourde du sac, qu'il y remit aussitôt : elle était destinée à son père. Soudain, l'idée d'avoir cet objet, même si dérisoire, à lui offrir le réconforta et lui redonna du courage. Il fallait qu'il fasse boire à Gondour ce que Morvent avait tant voulu offrir à son ami ! Son dernier cadeau.

Il trouva une dizaine de petits œufs cuits, deux pattes de lièvre fumées, des champignons, un petit fagot de racines claires et sucrées, et des baies rouges. Ils les mangèrent en silence.

Depuis combien de jours, de mois, d'années étaient-ils partis ? Nandeau regarda la ligne de terre qui finissait le monde.

Rubah mangeait sans appétit, jetant des coups d'œil furtifs vers la forêt.

Une fois le repas fini, Nandeau demanda :

— Est-ce que Tourkoul arrive ?

— Il est encore assez loin. Tu as le temps de dormir un peu.

Nandeau secoua la tête en regardant sa main. Le renard lui leva le menton avec son museau et lui dit doucement :

– Allons, cesse de réfléchir et dors. Tu n'as rien de mieux à faire pour l'instant que reprendre des forces.

Nandeau, épuisé, se laissa aller en arrière et Rubah se coucha sous sa tête en disant tout bas :

– C'est exceptionnel. Ne t'en vante jamais, je le nierais.

Il s'endormit avec les battements du cœur de son ami.

À son réveil, Nandeau sentit des fourmillements et se souvint de sa blessure. Le trou de sa main grouillait de scarabées verts moirés. Il eut un haut-le-cœur et fit un geste pour les chasser.

– Ne fais surtout pas ça, ingrat ! dit Rubah. Ils te soignent.

– Mais… ils sont en train…

– De recoudre tes plaies.

Nandeau se retint de bouger. Il ne sentait plus aucune douleur !

– C'est dégoûtant !

– Mais très efficace.

– D'où viennent-ils ?

– Aucune idée. Lorsque je me suis réveillé, ils étaient sur toi. As-tu bien dormi ?

Nandeau n'arrivait pas à quitter les scarabées des yeux. Il sentait leurs pattes et leurs antennes à l'intérieur de sa peau.

– Ça chatouille horriblement.

– Très bon signe ! Tu cicatrises.

Au bord du monde

Quand il regarda de nouveau sa main, une rougeur marquait l'emplacement de part et d'autre. Le trou avait disparu. Ses doigts bougeaient. Il rit de stupeur et de plaisir.

Les scarabées s'éloignaient en un mince filet vert doré.

– C'est incroyable !

– Mais *dégoûtant*…, n'est-ce pas ? dit le renard avec un sourire moqueur.

– Ça t'est déjà arrivé ? Ils t'ont déjà soigné ?

– Tout le monde n'a pas la chance de bénéficier de la protection d'un Avalombre.

Nandeau, perplexe, toucha la paume de sa main, alors que Rubah, prudemment, s'approchait du bord de l'abîme.

– N'imagine pas que je sois pressé de te voir disparaître ni que je tienne particulièrement à mon tête-à-tête avec notre ennemi, mais il serait temps, maintenant que tu es tout à fait valide et reposé, de poursuivre ta quête, mon ami.

– Rubah…

– Ah non ! le coupa Rubah. Fais-moi grâce des grandes déclarations et des regards humides, veux-tu ? Prends ton sac, descends, trouve ton père et remontez au plus vite. File. Je t'attends.

Nandeau se coucha au bord du précipice. D'abord, il ne vit qu'une paroi verticale uniformément lisse. Puis il distingua les trous d'empreintes qui commençaient juste sous lui et traçaient un chemin que ses yeux perdirent bien avant la lourde houle lointaine des nuages grisâtres. Le garçon ferma les yeux. Sa tête tournait.

– Ne regarde jamais en bas, ni en haut, lui dit Rubah. C'est ce que les humains disent en pareilles circonstances.

Nandeau aurait voulu être sur le seuil de sa maison, à attendre son père parti couper du bois. Il aurait voulu avoir les pieds dans le puits bleu. Il aurait voulu se réveiller le matin et sentir le feu allumé par Noune dans la cheminée, le pain chaud et le lait du petit-déjeuner qu'elle aurait préparé. Tout, mais pas ce vide, et la nécessité de laisser Rubah ici.

Il passa les jambes dans le vide et trouva les premiers trous pour ses pieds.

La longue descente

Nandeau regarda une dernière fois son ami, qui hocha la tête. Puis il poursuivit la descente.

Les trous étaient réguliers, et ses pieds les trouvèrent rapidement, sans avoir à les chercher. Il prit confiance et ses jambes cessèrent de trembler.

Il se forçait à ne regarder ni en haut ni en bas, concentré sur ses mouvements. Un vent léger chargé d'odeurs fraîches, inconnues montait du vide. Alors que le soleil se couchait, la paroi prit une chaude teinte dorée.

Le soir approchait. Nandeau savait qu'il lui faudrait sans doute encore des heures avant d'atteindre le sol. Une sueur froide coula dans son dos, ses doigts devinrent moites : la nuit tomberait certainement avant qu'il soit arrivé en bas. Comment continuerait-il dans l'obscurité ?

À cette idée, ses jambes se remirent à trembler. Il colla son front à la paroi et gémit.

« Poursuis ta descente », dit une voix sortant de la roche.

Nandeau reconnut l'Avalombre. Gardant le front contre la paroi, il demanda :

– Où êtes-vous ?

« Loin d'ici. Je n'ai jamais bougé depuis que j'ai fui Tourkoul. Tout ce temps, je ne me suis jamais éloigné de celui qui viendrait un jour me lever de terre. Je suis resté près de toi, dans un lieu que tu connais bien. »

– Comment ça… ? Près de notre maison ?

La voix parut amusée :

« Combien de fois t'ai-je senti marcher sur moi ? D'abord à quatre pattes, puis debout. »

Nandeau tenta d'imaginer l'Avalombre couché près de chez eux. Il revit les écailles des armures des chevaliers et en couvrit une créature immense, allongée sous la terre.

– Est-ce vous qui avez envoyé… le lierre-ombilic ?

« Eh bien, nous nous connaissons bien, lui et moi. »

Nandeau se vit soudain au milieu de la paroi, toujours plus petit, jusqu'à disparaître.

Il respira profondément, attendant que son cœur se calme, que ses jambes cessent de s'agiter. Puis il reprit sa descente, un pied après l'autre.

« Ne t'arrête plus, désormais. Fais-moi confiance : tu pourras te reposer avant la nuit. »

La longue descente

La voix poursuivit :

« Et ne t'en fais pas non plus pour Rubah. Tourkoul ne le tuera pas. »

– Il a massacré tous ceux qui m'ont aidé. Je le hais ! Si un jour je remonte, je le tuerai de mes mains !

Le vide resta silencieux un long moment.

« Il m'a appris la colère, à moi aussi, dit encore l'Avalombre. Un jour, oui, nous nous débarrasserons de lui. Mais chaque chose en son temps. »

Nandeau laissa les mots couler comme ils venaient :

– Même si j'arrivais en bas, même si je trouvais mon père, même si je le ramenais chez nous, maintenant, Tourkoul ne me révélera pas le lieu des larmes.

« Tu es vivant, Noune, Rubah et ton père le sont aussi. Rien n'est perdu. »

– Et maman, est-ce qu'elle est aussi en vie ?

La paroi, une fois encore, resta silencieuse. Nandeau descendait toujours. Soudain, son pied trouva le vide et la surprise le fit crier. Il se plaqua contre la roche, le cœur battant.

« Tu y es, dit l'Avalombre, tu vas pouvoir te reposer. Bonne nuit, Nandeau. »

Le garçon descendit très prudemment, suspendu par ses bras, tremblant d'épuisement. Enfin, ses pieds touchèrent le sol. La cavité dans laquelle il entra était juste assez haute pour se tenir à quatre pattes, suffisamment profonde pour s'allonger. Épuisé, il se recroquevilla et s'endormit aussitôt.

Peu après, il crut sentir un vent lumineux couler sur sa nuque, des cheveux soyeux caresser son dos comme une eau tiède. Des mots le frôlaient. Il perçut quelque chose comme la fraîcheur d'une voix, un parfum. Lorsqu'il voulut se retourner, ce fut comme si une main le maintenait au sol. Un chant l'enveloppa, triste, toujours plus lent et lointain, jusqu'à ce que le silence revienne. Restait la lumière. Et la certitude de réussir.

– Maman ?

Il ouvrit les yeux. La brume fermait la cavité comme un épais bouchon de coton. Il se sentait calme, reposé. Une sensation de joie l'envahit. Il allait retrouver son père et remonter avec lui, il en était sûr, cette fois ! Il lui raconterait ses rencontres, écouterait ses conseils, redeviendrait un enfant. Son père passerait sa main dans ses cheveux en le traitant de fils de fou, et lui ferait mine de se fâcher. Morvent n'était peut-être pas mort. Il le retrouverait ! Et son père et lui rentreraient ensemble.

Un chuintement lui parvint. Il passa la tête par l'orifice, mais ne vit rien. Pourtant, un léger clapotis montait. Il tendit le bras, mais ne toucha rien. La

La longue descente

sensation de bien-être fut aussitôt chassée par une grande frayeur.

Le bruit s'intensifiait. Un bruit liquide.

La brume s'éclairait. Quelque part, le jour devait se lever, mais si loin de l'endroit où Nandeau se trouvait ! Il se vit, seul, dans une minuscule cavité au milieu d'une paroi sans fin. À nouveau, les doutes fondirent sur lui. Rubah avait raison quand il le traitait de naïf.

La brume étouffa son cri de désespoir comme s'il avait eu la tête sous son oreiller. Il pensa à Noune. Tourkoul lui avait-il fait du mal, à elle aussi ?

Le clapotis se rapprochait.

Il se blottit au fond du trou, le ventre serré.

Soudain, l'aube perça la brume, éclairant les parois. D'abord ébloui, Nandeau se protégea les yeux de sa main puis il les ouvrit doucement.

Et il vit.

Une écriture fine et régulière couvrait les murs autour de lui :

Voyageur, tu ne mourras pas ici. Traverse l'eau sans la craindre. Descends.

Sur le sol :

Ne touche pas aux os. Ils n'appartiennent plus à personne.

Il reprit confiance, sourit et dit tout bas en fixant les mots gravés :

– J'arrive, papa.

Dehors, le soleil déchira la brume en lambeaux aveuglants. Les genoux de Nandeau étaient mouillés. Le garçon se sentit perdu. Il n'arrivait plus à penser, à bouger. L'eau montait, fraîche, sans qu'il puisse identifier les odeurs amples et lourdes qui lui arrivaient.

Il lut à nouveau sur la paroi :

Traverse l'eau sans la craindre.

Il secoua la tête et gémit :

– Mais… je ne sais pas nager !

Puis une idée vint s'imposer à lui : son père non plus ne savait pas nager ! Pourtant, il s'était trouvé plusieurs fois dans cet endroit ! Il avait *traversé* l'eau… Mais comment ? Il y avait donc une issue. Il chercha un bateau sur la mer immense devant lui, mais il n'y avait qu'un horizon vide.

Traverse l'eau sans la craindre.

Désormais, seule sa tête émergeait des flots.

Il s'assit au bord de l'alcôve, ferma les yeux, prit une profonde inspiration et se laissa tomber.

Il coula à pic.

Dans la panique, ses yeux s'ouvrirent. Une longue forme blanchâtre se déplaçait avec lenteur dans l'eau limpide. Nandeau chutait. Là-haut, la surface n'était plus qu'un souvenir. Il chutait, toujours plus profond. L'air commençait à lui manquer et son cœur lui faisait mal. Il coulait. C'était la fin.

« Vous vous ressemblez », avait dit Morvent en parlant de sa mère et lui. Il se rappela son rêve. Le vent lumineux sur sa nuque, les cheveux soyeux dans son dos. Les mots le frôlant. Le chant l'enveloppa, et la lumière.

« Aide-moi », pensa-t-il.

Ayant ralenti, il regarda sous lui. Ses pieds sortaient de l'eau : il était en train de sortir de la mer par le fond ! Il fit des mouvements avec ses bras pour accélérer son extraction. Sa tête quitta l'eau avec un bruit humide et il chuta de plusieurs mètres dans l'air. Il atterrit sur du sable, en roulant.

Il inspira de toutes ses forces. Il était sous la mer, vivant ! Et il respirait.

Nandeau resta un long moment à regarder, fasciné, la masse d'eau montant doucement au-dessus de lui avec de doux clapotis, puis il éclata d'un rire sauvage.

– Une mer suspendue ! dit-il.

D'immenses méduses blanches et lumineuses avançaient avec grâce, propulsées par de longs tentacules mauve clair.

Il faisait chaud. Il était au bas de la paroi, il avait réussi.

Le cimetière

Son cri de joie fut étouffé, comme s'il se trouvait dans une pièce exiguë.

La paroi était juste derrière lui. Les marches creusées le rassurèrent : il y aurait bien un chemin de retour. Mais Rubah paraissait si loin !

Devant lui, s'ouvrait un immense désert de sable aux dunes basses. Il s'éloigna de la falaise. Une fine couche de sable se brisait sous chacun de ses pas, craquant comme un biscuit. Il marchait tranquillement, maintenant, sans efforts.

Au loin, de longs troncs blancs courbés sortaient du sable, dressant leur pointe vers la mer suspendue. Il y en avait des dizaines. Certains étaient surmontés d'étranges sphères ajourées. Il s'approcha d'une de ces longues formes élancées et en caressa la matière blanche et parfaitement lisse. C'étaient des os ! D'immenses os, de trois à quatre fois sa taille !

— Le cimetière des Avalombres, murmura-t-il.

Le cimetière

Alors il vit les empreintes dans le sable. Il avait tant de fois suivi son père dans les bois qu'il reconnut immédiatement son pas.

Il prit ses chaussures à la main et accéléra.

Il courait presque quand il atteignit le premier os dominé par une sphère blanche. C'était en fait une grande cage dont il fit le tour, sans parvenir à voir ce qui s'y trouvait. Quelques marches grossières avaient été taillées sur toute la longueur de l'os menant à la cage. Il avait un pied sur la première, quand il vit la clé dans le sable.

Elle était si rouillée qu'elle se cassa dans sa main.

Il la jeta et grimpa.

La petite porte était fermée par un cadenas. Il regarda à l'intérieur et eut un vif mouvement de recul, se rattrapant de justesse à un barreau pour ne pas tomber. La sphère contenait un squelette humain recroquevillé. Nandeau refusa de penser que c'était celui de Gondour.

Il descendit et regarda tout autour de lui. Le désert semblait ne pas avoir de fin. On y voyait une dizaine de cages en os comme celle-ci.

Les empreintes de pas ne menaient pas à cet os dressé ! La piste s'approchait des autres sphères puis s'en éloignait. Nandeau se remit à courir. Ses pas faisaient un bruit sourd. Au pied de chaque mât, Nandeau trouva une petite clé, plus ou moins rongée par la rouille.

Tout à coup, l'enfant s'aperçut que les empreintes s'arrêtaient au pied d'une cage, semblable à toutes les autres. Il ne trouva pas la clé et jura en fouillant le sable à quatre pattes.

– Où est-elle ? cria-t-il. Où est la clé ?

Des méduses voguaient au-dessus de lui, comme pour l'observer.

Il finit par la trouver. Rouillée, fragile. Il la garda dans sa paume et grimpa. À l'intérieur, l'ombre était si épaisse qu'il ne vit pas venir la main qui se ferma sur son poignet. À ce contact, il cria, lâcha les barreaux de la cage et chuta dans le sable. Il en eut le souffle coupé. Il attendit un moment que celui qui se trouvait à l'intérieur de la cage se montre, en vain. Aussi finit-il par ramasser la clé et remonta.

À nouveau, il l'engagea dans la serrure, à nouveau la main le saisit. Cette fois, il ne la retira pas.

– Papa, est-ce que c'est toi ? C'est moi, Nandeau.

Un visage décharné et blême parut entre les os.

– Papa ?

Le visage retourna dans l'ombre.

Ce spectre aux yeux immenses, remplis de souffrance était-il un homme ? Était-il son père ?

Nandeau regarda prudemment à l'intérieur et reconnut les vêtements sur la forme recroquevillée, maigre. Un grand frisson le saisit. Il en était sûr, cette fois : c'était Gondour !

Le cimetière

— Papa...

Un gémissement lui répondit.

Les mains tremblantes, le garçon ouvrit le cadenas. Et se faufila à l'intérieur.

L'homme le dévorait de ses yeux brûlants. Sa respiration était saccadée. Sa tête dodelinait sur son cou, ses paupières voulaient se fermer, mais ses yeux, effarés, brillaient d'un éclat fou.

Nandeau se trouvait enfin devant celui qu'il avait rêvé depuis tant de jours de serrer, d'embrasser. Et il n'osait pas le prendre dans ses bras, de peur de le briser.

Les lèvres sèches, ridées mimèrent :

— Nandeau...

Alors, très doucement, comme on prend un nouveau-né avec amour et crainte, Nandeau s'assit à côté de son père et l'attira contre lui.

L'enfant berça longtemps le père, en silence. Les larmes coulaient. De bonheur, de douleur, de fatigue.

— Je vais te ramener et tu ne partiras plus jamais. J'ai... j'ai bu aux larmes, moi aussi.

Le père cessa de respirer avant d'émettre un long gémissement.

— L'Avalombre nous aide. Je l'entends, tu sais ? C'est lui qui m'a conduit jusqu'à toi. Rubah nous attend, là-haut, au bord du monde. Il faut faire vite.

Il chassa l'image de Tourkoul et caressa la main sèche et maigre de son père.

— Tu ne souffriras plus ! Et aucun chevalier non plus, car nous trouverons les larmes des Avalombres et nous tuerons Tourkoul. Je le jure ! Morvent m'a raconté la bataille. Je sais maintenant que tu n'as jamais porté l'armure. Je l'ai trouvée à la maison, derrière l'armoire. Tu ne fuis pas les chevaliers, car tu en étais un. Ce que tu fuis, c'est le sang que vous avez besoin de verser quand le besoin de larmes est trop fort.

Il posa sa tête sur celle de son père, se retenant de parler de sa mère. Les questions qui affleuraient, il les gardait pour plus tard.

— Morvent est mort, papa. C'était un homme fort et honnête, je sais que vous étiez proches. Il m'a donné quelque chose pour toi. Tiens, regarde, c'est là.

Nandeau ouvrit son sac et en sortit la gourde.

Son père leva la tête. Était-ce vraiment un sourire, sur ce masque de douleur et d'épuisement ?

— Il voulait que tu en boives.

La tête retomba mollement. Nandeau l'aida à la relever.

— Allez, papa, s'il te plaît, pour ton ami.

La bouche s'entrouvrit, les yeux se fermèrent et Nandeau versa quelques gouttes d'un liquide clair, qui coula en partie sur les joues creuses de son père.

Le cimetière

La glotte monta et Gondour émit un son rauque, effrayant, un râle d'agonie. Il toussa et prit sa gorge à deux mains.

Nandeau le tenait, effrayé.

– Qu'est-ce qu'il y a ? Qu'est-ce que tu as ?

Il huma à l'intérieur de la gourde et but, lui aussi. Si son père mourait ici empoisonné, il ne remonterait pas seul. Le liquide descendit comme un feu dans son ventre. Mais contre toutes ses craintes, c'était une eau de vie.

Père et fils furent secoués par des quintes de toux qui leur déchirèrent la gorge.

Puis la main de Gondour prit la gourde et il en avala plusieurs gorgées. Ses yeux brillaient.

– C'est horrible ! dit Nandeau en riant.

Le regard de son père le remplit de bonheur. Il le reconnaissait enfin ! Il le serra dans ses bras.

– Mon garçon…

C'était la voix du sable, de la pierre et des vents.

– Nous réussirons, papa ! Je te ramène, fais-moi confiance. Je n'ai pas réussi à te retenir à la maison, mais nous rentrerons ensemble !

Gondour se laissa retomber au fond de sa cage. Bruit froid de l'os contre l'os. Nandeau tressaillit.

– Tu es trop faible pour marcher, je vais te porter.

Il le chargea sur son épaule. Comment son père avait-il pu devenir si léger ? Deviendrait-il, lui aussi, un jour, quand il serait en manque de larmes, ce paquet d'os sous un mince tissu de peau ? Si ça n'était pas le cas, il faudrait s'agenouiller devant Tourkoul et boire aux larmes sous ses yeux, comme l'avaient fait les chevaliers pendant la nuit de Grand Sang. Perdre toute dignité, devenir une bête.

– Que Tourkoul soit maudit ! murmura-t-il entre ses dents.

Son père cramponné à lui, il partit d'un pas rapide sur les traces qu'ils avaient laissées. Au-dessus d'eux, la surface de la mer miroitait, lointaine. Une grande méduse blanchâtre les suivait.

La tête de son père oscillait par-dessus son épaule. Un souffle s'échappa dans son cou : le souffle chaud de son père vivant. Il crut l'entendre répéter entre ses lèvres brûlées « Il sort » ou « Isaure ». Puis Gondour se tut. Nandeau, trop heureux de tenir enfin son père, continuait à lui parler et c'était comme le soir, quand, assis au bord du lit de son fils, Gondour l'écoutait. C'était une magie.

– Ce sont les mots gravés sur la paroi qui m'ont aidé à te trouver.

Nandeau leva les yeux. La méduse, beaucoup plus proche, tournait au-dessus d'eux comme un prédateur patient.

L'eau descendait vers eux. « La marée ! » se dit Nandeau. Il accéléra le pas en cherchant la paroi devant lui. Elle lui parut inaccessible.

Le cimetière

Les clapotis étaient déjà perceptibles. Nandeau avait le souffle court, mais il ne pouvait se permettre de ralentir. L'espace entre le sable et la surface diminuait à vue d'œil. Il courut, les pieds s'enfonçant dans le sable cassant. Il trébucha, tomba sur les genoux sans lâcher son père, se releva et se remit à courir.

La paroi était à leur portée, maintenant. Les poumons de Nandeau lui brûlaient, ses genoux voulaient céder. Il accéléra encore.

L'eau frôlait à présent le sommet des grands mâts blancs. Le garçon tomba une deuxième fois, et son père roula sur le sable, pantin inerte emballé dans des habits trop larges. Nandeau se releva immédiatement, reprit Gondour dans ses bras et repartit. Dans la mer, au-dessus d'eux, la méduse blanche aux longs cils violacés les suivait toujours. Elle était gigantesque.

Le père tendit un bras vers la falaise et Nandeau suivit la direction qu'il lui indiquait. L'eau mouillait ses cheveux. Enfin, ils atteignirent la paroi, les premiers trous étaient là ! Il s'agenouilla et respira plusieurs fois sans quitter des yeux la créature immense qui les guettait.

– Maintenant, retiens bien ta respiration, papa, et tiens-moi fort. Nous montons.

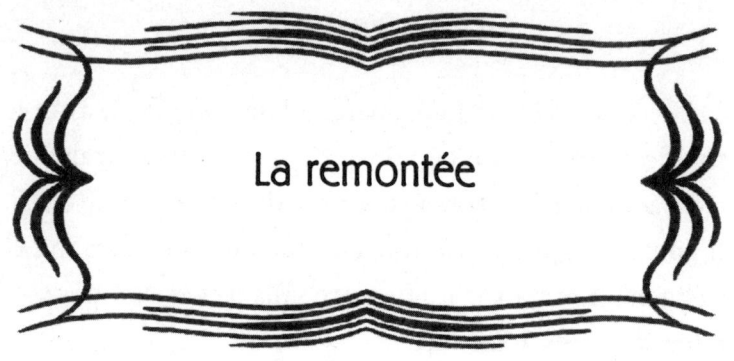

La remontée

Alors leur tête entra dans l'eau.

Nandeau agrippa les premières prises, commença l'ascension et, lorsqu'il fut entièrement immergé, avança par grands bonds verticaux. Porter son père alors était plus facile. Il perçut la grande silhouette blanche sur sa gauche, mais resta concentré sur leur progression. Il devait se dépêcher pour atteindre leur but avant que l'air ne leur manque. Rien ne devait le ralentir. Il y avait une surface, il fallait la vouloir, la percer.

Quelque chose frôla sa cheville et il serra les dents. Ses bras étaient lourds, ses gestes moins précis, ses poumons douloureux. Soudain, il manqua un trou et perdit le contact de la paroi. Il parvint heureusement à s'en rapprocher avec de grands mouvements de bras désordonnés, à agripper un trou du bout des doigts, puis à reprendre son ascension. Commençant à manquer d'air,

La remontée

il ouvrit la bouche et la referma aussitôt. En haut, la surface miroitait : si lointaine !

Tout à coup, Nandeau sentit que son père le lâchait. Se retournant, il le vit dériver dans ses vêtements flottants. Celui-ci secouait la tête, lui signifiant de ne pas le rattraper, de le laisser ici.

Mais alors que le garçon voyait, désespéré, son père s'éloigner toujours plus, la méduse fondit sur Gondour et l'enveloppa entièrement, dans un grand geste souple. Nandeau repoussa la paroi de ses pieds et attrapa un tentacule. Réussissant à trouver un pied de son père, il remonta le long de son corps, les yeux fermés. L'air s'échappait de sa bouche sans qu'il parvienne à le retenir. Alors, l'enfant prit Gondour dans ses bras, puis il s'abandonna à l'étreinte de la créature. Ils avaient failli réussir. Si près. Mais tout était perdu cette fois. Pourtant, son cœur se calmait. Il cessa de lutter. Il serra son père une dernière fois contre son cœur puis, à court d'oxygène, ouvrit la bouche et inspira.

De l'air s'engouffra dans ses poumons.

De l'*air* ?

Nandeau ouvrit les yeux. Leurs têtes à tous les deux se trouvaient dans la grande tête de l'animal. La lumière y était douce. Et son père lui souriait.

— Nous sommes vivants ! s'exclama Nandeau.

À travers la membrane translucide de la créature, ils virent la paroi. Ils montaient lentement.

– J'ai cru qu'elle voulait nous manger, dit Nandeau.

Lorsqu'ils furent tout près de la surface, d'un mouvement gracieux, la méduse les libéra. Elle resta un instant à côté d'eux, comme si elle les observait, puis, d'une impulsion puissante et fluide des tentacules, elle repartit vers les profondeurs.

Le père et le fils percèrent la surface dans la brume épaisse nimbée d'une lumière chaude. Nandeau s'accrocha à la paroi, sans lâcher Gondour.

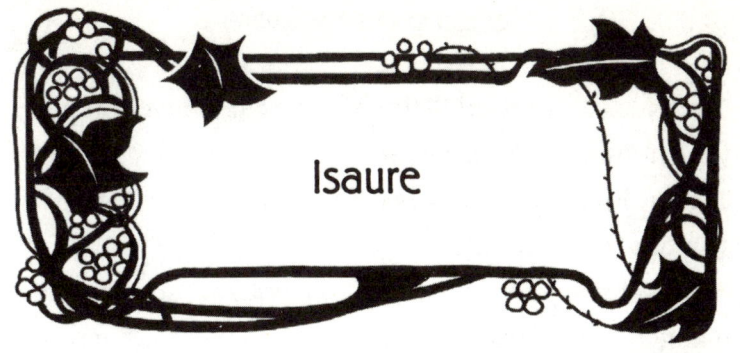

Isaure

— Vite, Rubah nous attend là-haut ! dit Nandeau à Gondour.

Les mots étaient sortis malgré lui, ceux qu'il voulait croire, ceux qui lui donnaient la force de grimper.

– Tiens-moi bien.

Lorsqu'ils sortirent de la brume, l'enfant était trempé de sueur. Il montait, mécaniquement, s'arrêtant parfois pour respirer et encourager son père. Il ne sentait plus désormais ni fatigue, ni douleur, ni peur, ni espoir : il avait tout dépassé. Son corps continuait, seul. Son esprit s'était évadé de sa propre cage en os. À bout de forces, alors que ses doigts voulaient s'ouvrir à chaque prise, il pensa à sa mère. Elle était une question, un mystère, une silhouette dans les histoires de Noune, et maintenant aussi dans celles de Morvent. Il la visualisa en train de marcher à côté du cheval qui portait deux hommes assis, ensanglantés, les yeux mi-clos. Elle avançait, forte et droite, le ventre rond de lui. Elle devait trouver où poser trois hommes, où les laisser.

Pour la centième fois, le bras de Nandeau se leva. Mais sa main trouva le vide.

– L'alcôve ! On y est ! On va pouvoir se reposer et manger. Tu verras, on va y arriver ! Et Rubah fera des bonds de joie en nous voyant.

Il posa son père, l'éloigna de l'ouverture et l'adossa contre la paroi. Puis il ouvrit son sac et en sortit les racines offertes par Morvent.

– Tu arriveras à les mâcher ?

Son père secoua la tête.

– Alors, un peu de liqueur ?

Hochement de tête.

Nandeau approcha la gourde et fit couler du liquide dans la bouche de son père. Ce dernier ferma les yeux puis grimaça, mais ne recracha pas. Ses lèvres avaient repris des couleurs et ses yeux n'avaient plus leur lueur de fièvre.

Il but doucement, jusqu'à ce que la gourde fût presque vide. Et alors qu'il avalait les dernières gouttes, il fut parcouru d'un grand frisson.

Après quoi, Gondour fixa longtemps Nandeau. Ses traits s'adoucirent. Il toucha la tache rouge laissée par la blessure sur la main de son fils, la mine inquiète.

– Ce n'est rien, dit Nandeau, une brûlure.

Alors Gondour ferma les yeux. Il s'endormit.

Isaure

Nandeau s'assit à côté de lui et respira ses cheveux. Son père était faible, ses mots sortaient avec peine, mais son odeur était la même qu'autrefois. Il ferma les yeux et se laissa sombrer dans un doux engourdissement.

Après quelques minutes, il fut réveillé par de grands tremblements. Le crépuscule montait de la mer. Son père grelottait.

– Tu as froid ? demanda Nandeau.

Et soudain, les mots sortirent de la bouche de son père comme un vieil écho du fond d'une grotte.

– Non. Si je tremble, c'est de me trouver à côté de toi. J'ai encore du mal à y croire.

Il n'avait plus l'air du vieillard à l'agonie qu'avait trouvé Nandeau au fond de la mer. Son corps paraissait avoir retrouvé son épaisseur.

Gondour inspira profondément et s'assit au bord du trou, les jambes dans le vide.

Nandeau le rejoignit.

– Morvent m'a raconté que c'est ma mère qui vous a sauvés tous les deux après la bataille, lui glissa-t-il.

– La *bataille*, murmura Gondour. Ce n'était pas une bataille, mais la mise à mort de nos ennemis par nous-mêmes. J'en ai longtemps voulu à Morvent de m'avoir sauvé. J'ai essayé plusieurs fois de plonger mon visage dans la boue noire lorsque nous étions tous les deux là-bas, mais toujours sa main m'en empêchait.

Il déglutit plusieurs fois avant de poursuivre :

– Aujourd'hui, bien sûr, quand je te vois, je remercie le ciel qu'il ne m'ait pas laissé faire. Mais… tous ces jours, ces nuits… le froid, la faim. Nous ne parlions plus depuis longtemps, peut-être nous croyions-nous déjà morts, quand elle s'est trouvée à côté de nous. Elle était si belle, alors, si désespérée !

– Pourtant, elle t'avait retrouvé ? Elle n'a pas été heureuse de te revoir enfin ?

– Nous n'étions plus les mêmes, ni elle ni moi, ni Morvent, d'ailleurs. Et le monde dans lequel nous vivions avait changé. Tourkoul l'avait obscurci, souillé. Nous avions tué les Avalombres, massacré des seigneurs et des chevaliers sans leur laisser aucune chance. Je ne sais pas ce qu'elle a reconnu de moi. J'étais comme la terre où nous avons mis à mort les Avalombres : vide et sali. Je n'avais plus rien d'humain.

– Mais toi, tu n'as jamais été comme les autres !

– J'étais présent, Nandeau ! Et trop lâche pour ne pas faire partie des monstres. Je ne me suis pas opposé au massacre des Avalombres, ni à la tuerie de nos adversaires sur le champ de bataille. Je n'osais pas regarder dans les yeux de ta mère. Elle se sentait terriblement coupable, lâche, elle aussi. Elle avait confectionné des armures pour des meurtriers.

Isaure

– Oui, mais Noune m'a dit que c'est pour sauver maman que tu as accepté de rester avec le seigneur Galondran. Tourkoul vous a piégés, ce n'est pas votre faute !

Gondour resta longtemps silencieux. Enfin, il répondit :

– J'ai repensé mille fois à cette période de notre vie, Nandeau. Et plus j'y pense, plus je me dis que j'ai été idiot. À l'époque, j'ai cru pouvoir protéger ta mère, mais Isaure était bien plus forte que moi. Tourkoul m'a fait peur en la menaçant, mais elle aurait été plus capable que quiconque de le terrasser. J'ai été bien sot de douter de sa puissance. Tourkoul, j'en ai la certitude, n'aurait jamais pris le risque de s'en prendre à elle. Mais je l'ai su trop tard, alors qu'elle se tenait devant les monstres que nous étions devenus.

Le ciel coulait ses encres dans la mer, épuisait tous les bleus.

Gondour baissa la tête et contempla les flots un long moment avant de poursuivre :

– Elle m'a sauvé pour que je te ramène, un point c'est tout. Pour elle et moi, il était déjà trop tard. Nous nous aimions encore, mais nous n'aurions plus pu vivre ensemble. Dans ses yeux, je voyais ma folie et mes crimes, dans les miens, elle percevait les marques de sa complicité.

Il restait une lueur, un reste de jour quand, enfin, Nandeau posa la question qui lui brûlait les lèvres :

– Où est-elle allée ?

Gondour dit dans un souffle :

– Je ne sais pas. La dernière nuit où je l'ai vue, tu le sais sans doute, nous étions dans l'abri de Morvent.

Nandeau confirma d'un hochement de tête.

– Elle m'a dit qu'elle partait loin des hommes, du sang, des cris. Qu'elle quittait tout.

Gondour mit les mains sur son visage et inspira profondément. Des larmes coulèrent.

– Elle t'a posé dans mes bras et m'a dit que tu m'aiderais à retrouver mon humanité.

Son corps pencha dangereusement sur la nuit. Nandeau le rattrapa et le tira au fond de l'alcôve. Il le serra contre lui.

– Elle avait raison, Nandeau. Sans toi, j'aurais sombré.

La nuit était désormais totale. La voix basse de Gondour remplissait l'alcôve.

– J'ai tellement pensé à ce qu'elle avait fait, cette nuit-là : laisser son enfant, laisser son bébé dans mes bras d'homme vaincu.

Nandeau sentit son cœur accélérer.

– Crois-tu qu'un jour elle reviendra ?

La voix n'était qu'un filet fragile :

– Je l'ai attendue tous les jours, toutes les heures.

– Pourquoi n'es-tu jamais allé la chercher, alors, partout où elle aurait pu aller ?

Isaure

— Parce qu'elle ne l'aurait pas voulu, Nandeau.

Le garçon sentit le souffle de son père sur sa joue.

La colère montait en lui, le mordait et lâchait sa prise, puis elle enfonçait ses crocs toujours plus profondément. Il lui avait résisté jusqu'à maintenant, mais elle le submergeait à présent.

— Elle m'a laissé et elle reviendra quand *elle* l'aura décidé, dis-tu ? siffla Nandeau entre ses dents. Et si moi, je n'ai pas envie de la voir ?

— Ce serait ton droit. Mais tu aurais tort. Ne crois surtout pas qu'elle t'ait quitté le cœur léger, tu te tromperais. Nous ne pouvons, ni l'un ni l'autre, imaginer ce qu'elle a enduré en partant.

Nandeau frappa sa tête contre la roche.

— Tout ce que je sais, dit encore Gondour, c'est que, si elle a voulu s'écarter des hommes, elle est descendue par là.

Le garçon regarda la direction indiquée, interdit.

— Pourquoi ? Qu'y a-t-il après le cimetière des Avalombres ?

— Je ne suis jamais allé plus loin que la cage où tu m'as trouvé.

— Et les hommes dans ces cages ? Qui sont-ils ?

— Ce sont des chevaliers de Galondran. Des amis. Eux non plus ne voulaient plus être les esclaves de Tourkoul et de ses larmes. Ils ne voulaient plus verser le sang pour le pouvoir d'un monstre. Alors ils se sont enfermés dans les cages. Pour y mourir.

– Comme toi.

– Comme moi, oui.

Gondour posa sa main sur celle de son fils. Un triste sourire éclaira son visage et il ajouta :

– Mais tu es venu, tu m'as ramené à la vie.

Nandeau dit tout bas, comme se parlant à lui-même :

– Je n'attendrai pas que maman revienne, moi. Je la retrouverai.

Puis il resta silencieux. Leurs souffles peu à peu se calèrent l'un sur l'autre. Ils eurent l'impression de n'être plus qu'un, dans le ventre du monde. Peut-être étaient-ils le rêve d'Isaure.

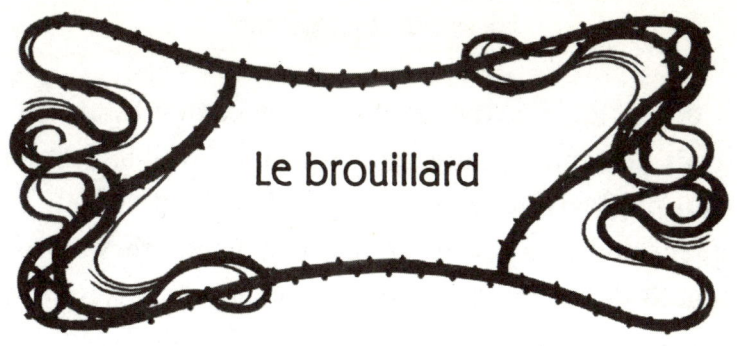

Le brouillard

Nandeau ouvrit les yeux alors que l'eau entrait dans l'alcôve. Son père, assis, le menton baissé, les jambes dans l'eau, dormait encore.

Il le secoua doucement.

– Papa, l'eau monte, il faut sortir.

Les paupières de Gondour papillonnèrent, il mit quelques secondes à reprendre ses esprits.

– Je vais essayer seul, dit-il. Tu dois être fatigué de me porter.

– Tu es sûr ?

– La boisson de Morvent m'a redonné des forces. Je passe le premier, si ça ne va pas, je te le dirai, mais je m'en sens désormais capable.

Il chercha les premières prises. Nandeau lui fit la courte échelle et le suivit. Gondour dut reprendre son souffle plusieurs fois, mais il repartait toujours, encouragé par Nandeau. Celui-ci commençait à douter qu'il reverrait Rubah, et ce doute lui rongeait l'estomac. Cette nuit, il avait rêvé une fois de plus qu'il voyait par les yeux de Tourkoul. Rubah, la queue entre les pattes, oreilles couchées, crocs sortis, tentait de fuir les coups de bâton, alors que Nandeau criait pour faire cesser Tourkoul. Mais il n'avait pas de forces et le rire grinçant avait éclaté : « Allons, gentil renard, comment as-tu pu croire que ton ami remonterait ? Suis-moi, je vais bien m'occuper de toi... »

Soudain, son père ne fut plus au-dessus de l'enfant. Il hurla son nom, regarda sous lui : la mer était vide. Pourquoi n'avait-il pas gardé les yeux sur... ?

Mais une main attrapa la sienne, et le visage de Gondour dépassa du bord de la falaise. Ils étaient en haut !

Le garçon se hissa à quatre pattes et se coucha sur le dos, les bras vers le ciel.

– Nous avons réussi !

À bout de souffle et hilare, il se mit aussitôt en quête de son ami.

– RUBAH ! appela-t-il.

La terre était vide, désespérément vide.

– RUBAH ! dit-il plus fort.

Son père, debout, lui tournait le dos.

Le brouillard

— Regarde, dit sombrement Gondour.

Il se tourna, ouvrit la main et Nandeau vit l'oreille aux poils orange. Cette fois, ça n'était pas un rêve. Il tomba à genoux, le visage dans les paumes. Gondour s'accroupit en face de lui et lui posa la main sur l'épaule.

— Ça ne veut pas dire qu'il est mort.

Il lui leva le menton. Son visage était grave, mais ses yeux étaient déterminés. Il ajouta :

— Il n'est peut-être pas mort, Nandeau. Il faut y croire. Nous le retrouverons.

Gondour désigna des traits gravés par une lame sur la terre noire. L'écriture était régulière, pointue. Nandeau se leva et lut avec horreur : *Le reste de ton ami t'attend au puits de foudre.*

Il regarda son père.

— Faisons vite, dit ce dernier.

— Qu'est-ce que c'est, le puits de foudre ?

Gondour désigna la forêt au loin. Au bout, tout au bout de toute cette noirceur, l'orée du bois était voilée par un épais brouillard sombre, au-dessus duquel roulaient de lourds nuages blancs. Les deux arbres géants dépassaient. L'un disparaissait dans les plus hautes nuées, l'autre, noir, avait été coupé net.

— Ça pourrait bien être ça, dit Gondour, je l'ai remarqué en venant. La terre où nous sommes était une forêt où poussaient des centaines de ces superbes géants. Si tu les avais vus ! Et dire que nous avons tout détruit.

– Ne dis pas ça ! Tourkoul est le seul coupable.

Ils se mirent en route.

Nandeau aurait voulu courir, mais il fallait avancer au rythme de son père. Ils mangèrent les noix, les noisettes et les racines que Morvent avait préparées. Gondour s'arrêtait parfois quelques secondes, reprenait son souffle puis repartait. Pourtant, les arbres semblaient s'éloigner à mesure qu'ils approchaient. Combien de fois Nandeau crut-il voir Rubah trotter devant lui de son pas léger ?

– Noune sait-elle où tu te trouves ? demanda Gondour.

– Elle s'en doute. Elle ne voulait pas que je parte, mais il n'y avait pas d'autre solution.

– Tu as été courageux, mon fils. Si courageux !

– Non. J'étais surtout triste. Furieux aussi, quand j'ai compris ce qu'avait fait Tourkoul.

Le père se tut longtemps, puis il dit tout bas :

– Alors tu as vraiment bu aux larmes, toi aussi ?

– Oui. C'était le contrat avec Tourkoul.

Son père s'arrêta.

– Le *contrat* ? dit-il en le regardant durement.

– Je devais boire aux larmes pour entendre le cœur de l'Avalombre et guider Tourkoul jusqu'à lui, se défendit

Le brouillard

Nandeau. En échange, il me révélait où tu te trouvais et me procurait les larmes.

Les muscles jouaient sous les joues du père.

– Combien d'enfants comme toi ont disparu ainsi !

– Ne te mets pas en colère, le coupa Nandeau.

– Tu ne sais pas ce que tu as bu. Tu n'en connais pas les effets !

– Si. J'ai vu les chevaliers et le seigneur Galondran la nuit de Grand Sang. Je sais tout.

Le père dévisagea son fils. Dans ses yeux flottaient des voiles de colère et d'angoisse.

– Tu es sorti la nuit de Grand Sang ?

– Oui. Je croyais encore que tout dépendait de lui, à ce moment-là. Je sais ce que tu ressens. Je sais ce que tu deviens, mais je n'avais pas le choix.

Ils reprirent leur pas régulier au milieu de ce tapis épais qui absorbait la lumière du jour.

Tous deux restèrent un long moment silencieux, évitant de porter sans cesse leur regard sur l'écume blanche d'où sortait l'arbre de ténèbres.

Nandeau prit la main de Gondour.

– Je me sentais tellement perdu quand tu es parti de chez nous. J'étais prêt à tout.

Son père l'embrassa sur le front. Mais ses yeux portaient une tristesse.

– Alors tu as faussé compagnie à Tourkoul ? C'était audacieux.

– Sans l'Avalombre, je ne t'aurais jamais retrouvé, c'est lui qui nous a guidés. Il me croit capable de nous débarrasser de notre ennemi.

– J'aurais aimé que ça ne soit pas à toi d'affronter ce démon, mais les Avalombres savent ce que nous ne savons pas, et le dernier d'entre eux a décidé que ce serait à toi qu'il ferait entendre son cœur.

À cet instant, les lourds nuages marquant la limite de la forêt descendirent et coulèrent sur la terre ténébreuse. Nandeau serra la main de son père.

– Quoi qu'il se passe, Nandeau, ne lâche pas ma main, jamais.

– D'accord.

– Il ne faut pas ralentir.

Les nuages avançaient sur la terre. Tous deux couraient maintenant comme un mur d'écume poussé par une vague puissante. Ils avalaient la distance à la vitesse d'un cheval au galop, alors qu'un bouillonnement furieux se précipitait sur eux. Le ciel se rétrécissait. Ils levèrent la tête, ralentissant malgré eux. Nandeau ferma les yeux et mit son bras devant lui. La masse lancée vers eux paraissait si dense ! Elle allait sans aucun doute les emporter. Et, en effet, le brouillard les happa dans un silence absolu.

Le brouillard

Gondour dit tout bas :
– Marchons sans parler. Si Tourkoul nous cherche, il ne pourra se fier qu'à notre voix.

La voix dans la brume

Nandeau entendit bientôt des pas, tout proches. Quelqu'un marchait à côté d'eux, mais il était impossible de savoir de quel côté. Il se força à ne pas tourner la tête, car, il le savait, cela l'aurait fait dévier de sa trajectoire.

Soudain, on lui chuchota à l'oreille :

« Je ne t'ai pas fait mal, j'espère ? »

Cette voix ! Cette voix qui, tant de fois, lui avait mordu le ventre et l'avait vidé de tout espoir ! Il serra les dents et compta les pas dans sa tête.

« C'était un coup de sang, le geste de détresse d'un ami trahi, mais je me réjouis que tu ailles si bien ! Quelle résistance ! Pour trouver ton père, tu as donc préféré l'aide d'une saleté de renard plutôt que la mienne. Je suis un peu vexé ! »

La voix lui tournait autour comme un essaim de mots mielleux et mortels. Elle se rapprochait, toujours plus. Il aurait sans doute suffi d'un geste pour toucher Tourkoul, mais Nandeau voulait croire qu'il s'agissait d'un songe.

« … Comme vous voilà heureux de vous retrouver ! Le père et le fils réunis… C'est beau, c'est touchant ! Comme il serait facile, là, de lancer un coup de lame entre deux côtes, ou bien à travers le cou ! Gondour tomberait et tu te jetterais sur sa dépouille en me maudissant un peu plus. Une tragédie ! Vilain Tourkoul ! Diable de Tourkoul ! »

Il ajouta d'une voix glaciale :

« Lâche-lui la main et je le sauve. »

Il ne fallait pas parler. Son père ne devait pas savoir. Il serra plus fort sa main dans la sienne.

Mais soudain, on le frôla, et il retint un cri.

« Sale petit fou ! Tu n'as pas idée de la puissance de celui que tu as trahi ! »

Le silence à nouveau l'enveloppa.

– Papa ?

– Je suis là, Nandeau.

Le garçon fut heureux que son père n'ait rien remarqué, rien entendu. Ainsi, c'était bien son esprit et ce brouillard aveuglant qui lui jouaient des tours. Il avait dû dormir, comme avec Rubah, quand…

« Est-ce une fierté de marcher à côté d'un père pareil ? d'une telle loque ? L'as-tu bien regardé ?

Appelle-t-on ce qu'il est devenu un homme ? Voilà donc Gondour, le glorieux chevalier qui, par bravoure et honneur, a refusé de porter l'armure faite par les mains de son aimée ? »

Nandeau se raidit et se mordit la lèvre, sentit le goût du sang.

« Alors que ta mère…, quelle femme, n'est-ce pas ? Oh ! mais je vois, si j'ose dire, que j'ai touché un point sensible. *Maman…* »

Nandeau gémit. Son père murmura :

– Nous y serons bientôt, tiens bon, mon fils.

La voix aussitôt susurra, vénéneuse :

« Que t'ont-ils dit sur elle ? Morvent ? Ton père ? Quelles justifications ont-ils été inventer pour expliquer ton abandon ? »

– Assez !

La voix claqua. Son père tressaillit, mais il ne ralentit pas, ne posa pas de questions.

– Faisons vite ! dit-il seulement.

Ils allongèrent le pas.

Un instant plus tard, ils distinguèrent des formes autour d'eux. Était-ce encore un tour de Tourkoul pour les piéger ?

Le brouillard se leva et se désagrégea en un instant. Ils étaient à présent à l'orée du bois. Ils observèrent un moment la porte étroite qui perçait un mur sombre.

La voix dans la brume

Puis ils comprirent qu'il ne s'agissait pas d'un mur, mais de l'arbre immense. L'écorce aux sillons profonds était noire et sentait le feu froid.

– Le puits de foudre… dit Nandeau.

Le père se tourna vers son fils :

– Je t'ai entendu parler dans le brouillard. Était-ce à Tourkoul ?

Nandeau répondit tout bas :

– Oui. Il s'adressait à moi, *dans ma tête*.

– Que t'a-t-il dit ?

– Il voulait que je lâche ta main, que je vienne seul jusque-là. Il… il a menacé de te tuer, et il a parlé de maman, aussi. Il la connaissait ?

L'enfant chercha à lire dans les rides profondes du visage de son père. La cicatrice qui lui barrait la joue blanchit. Ses yeux devinrent d'un gris d'acier.

– Ta mère le haïssait.

Gondour secoua la tête, écœuré. Alors, Nandeau n'insista pas. Il mit la main sur la porte de bois et poussa. Elle s'ouvrit dans un long grincement. Mais, au moment de passer le seuil, ses membres se glacèrent, ses jambes refusèrent d'avancer. Une sueur froide coula le long de son dos. Il avait le souffle court, son corps ne lui obéissait plus. Le sourire de Tourkoul flottait devant ses yeux. Il ressentait une peur profonde, pétrifiante, à se trouver chez Tourkoul, dans le repaire même de son ennemi juré.

Alors, il prit une profonde inspiration et, sous le regard encourageant de Gondour, il entra.

Dans le puits de foudre

Ils restèrent un moment médusés par le lieu : ils se trouvaient au fond d'un puits aux proportions titanesques. La foudre avait creusé l'arbre, dont il ne restait qu'une écorce noire et luisante qu'on ne devinait qu'en certains endroits. Car des lierres et des plantes aux feuilles géantes grimpaient aux parois en une jungle verticale épaisse et luxuriante qui cherchait la lumière.

Gondour et Nandeau se tenaient immobiles sur le seuil d'un chemin bordé de hautes fougères arborescentes. Des mélèzes aux aiguilles lumineuses et des bouquets de bouleaux entouraient une maison au toit de chaume. Un étroit chemin y menait, bordé par des chardons où grouillaient des insectes noirs.

– Des arbres à l'intérieur d'un arbre… dit Nandeau à mi-voix.

La voix de Tourkoul tomba en écho du haut du puits et remplit l'espace de rouille. Le garçon n'était pas seul à l'entendre, cette fois : Gondour aussi la perçut.

« J'espère que le comité d'accueil n'aura pas été trop étouffant... Mais je sais Nandeau plein de ressources. Rejoignez-nous sans tarder, nous vous attendons avec grande impatience ! »

Père et fils se regardèrent. Il fallait être prudents. Ils avancèrent pas à pas, tous les sens en alerte, jusqu'au seuil de la maison de Tourkoul. De petites ouvertures aux formes étranges semblaient avoir été creusées au hasard des murs. La porte était ouverte.

Ils se postèrent de part et d'autre de celle-ci, puis Nandeau actionna la clenche et se colla au mur. Mais rien. Il passa la tête et attendit que ses yeux se fassent à l'obscurité avant d'entrer.

Les ouvertures ne laissaient filtrer qu'une lumière faible. C'était une pièce unique, au plancher de bois brut. Une longue bougie éteinte se dressait à côté d'une paillasse. Trois coffres de cuir gravé étaient alignés contre la paroi.

– Les larmes ! s'exclama Gondour en posant des yeux fiévreux sur les coffres. Elles doivent être là !

Nandeau s'approcha d'un pupitre sur lequel se trouvaient un livre épais, une plume noire et un encrier presque plein. L'ouvrage aux tranches dorées était ouvert sur une page inachevée. Le garçon se pencha pour lire les derniers mots : *Ils ne sauraient tarder.*

Gondour désigna le coffre du milieu à son fils, qui l'arrêta d'une main sur le bras et lui lança un regard effrayé.

Le père leva les paumes en l'air en signe d'incompréhension. Nandeau écrivit rapidement quelque chose dans le livre, arracha la page et la tendit à son père : *ATTENTION ! Piège ?*

Son père attendit. Nandeau s'approcha du coffre du milieu et y posa l'oreille. Il n'entendit rien.

Il fit cependant signe à Gondour de rester à l'écart et ouvrit prudemment.

Le coffre contenait quelques vêtements entassés. Dans les deux autres, il trouva des livres et du matériel d'écriture. Ils se regardèrent.

– Les larmes sont pourtant là, quelque part ! dit Gondour entre ses dents.

Il baissa la tête et resta un moment à réfléchir. Nandeau crut qu'il observait quelque chose sur le sol et regarda à ses pieds. Découvrant un trou dans le plancher. Il s'accroupit aussitôt, plaça un doigt dans l'orifice et tira. La lame de bois se souleva sans difficulté. Son père l'aida à retirer deux autres planches.

Les larmes étaient là, collées les unes aux autres ! Il y en avait des dizaines !

– Les voilà… murmura Nandeau pour lui-même, avec dégoût.

L'enfant vida son sac de cuir des quelques aliments qui lui restaient et mit sa gourde en bandoulière. Son père ramassa le briquet, le rangea dans sa poche et posa la main sur le bras de Nandeau, qui s'apprêtait à mettre une larme dans le sac.

– Non, dit-il. N'y touche pas.

Il brisa le pupitre, déchira le livre et remplit le sac de morceaux de bois et de feuilles chiffonnées.

– Et les larmes ? demanda Nandeau.

Son père sourit tendrement à son fils :

– Elles resteront là.

– Mais, sans larmes, nous sommes condamnés !

– Il faut détruire ce qui a provoqué tant de morts et fabriqué tant de fous. J'ai été l'esclave de Tourkoul, et je ne peux pas accepter que tu le deviennes à ton tour. Il faut mettre fin à sa tyrannie.

Nandeau finit par hocher la tête devant le regard déterminé de son père.

– D'accord.

Gondour se leva et tira son fils par le bras pour l'arracher au spectacle des larmes parfaitement alignées.

Ils sortirent et fermèrent la porte.

Derrière la maison, ils remarquèrent les barreaux d'une échelle qui montait entre les lourds bras noueux du lierre.

Dans le puits de foudre

– Vite !

Gondour fit passer son fils devant lui. Nandeau attrapa les premiers barreaux et grimpa, la tête vide, incapable de penser.

– Nandeau, dit Gondour, ne te laisse pas dominer par la haine. Tourkoul se prépare au combat depuis longtemps. Là-haut, ne cherche pas à te battre avec lui ou je perdrai mon fils.

Ils progressaient péniblement, dans un cylindre de verdure humide.

Peu à peu, le ciel filtra. Nandeau accéléra et arracha plusieurs feuilles couvertes d'épines rouges qui lui lacéraient les bras.

Ils arrivèrent trempés de sueur. Le visage de Nandeau était marqué de griffures, mais ses yeux étaient remplis d'une froide détermination.

– Ah ! vous voilà enfin ! Vous avez tardé, mes amis !

Nandeau ne regarda pas Tourkoul. Il se rétablit à quatre pattes et se leva, hors d'haleine. Le bord du gouffre était un chemin assez large pour que deux personnes se croisent. Tourkoul écarta les bras, tout sourires.

– Voyez ! J'ai mis ma tenue d'apparat !

Il portait son armure d'Avalombre. Rubah était couché à ses pieds, pattes nouées. Du sang poissait les poils de sa tête, où l'oreille manquait. Mais l'œil était ouvert et brillait de joie.

Gondour rejoignit son fils et mit un bras sur son épaule.

– Le père, le fils et Tourkoul réunis ! Quel bel instant !

Tourkoul s'adressa à Nandeau. Sa voix était douce, mais ses lèvres remontaient comme s'il s'apprêtait à mordre :

– Quel périple pour arriver jusqu'à mon repaire ! Tous ces risques inutiles, ces doutes, ces amis laissés derrière toi pour ne pas m'avoir laissé t'accompagner !

Il pinça un peu les lèvres, l'air navré, puis donna un coup de pied dans les côtes de Rubah, qui gémit.

– Finalement, les termes du contrat sont respectés, Nandeau…, ou presque ! Ton père est avec toi et vous aurez assez de larmes pour le restant de vos jours, n'est-ce pas ?

Tourkoul leva le doigt, et ses yeux devinrent ceux d'un loup prêt à se jeter sur sa proie.

– Reste l'Avalombre.

Il saisit Rubah par les pattes arrière et le tint au-dessus du vide, du côté de la plaine.

– Donc, pour résumer, dit-il sèchement à Nandeau, tu me dis où est l'Avalombre et je te rends ton ami. Sinon, c'est la chute.

Nandeau fixait l'œil clair de Rubah, lorsque Tourkoul dit encore d'une voix blanche :

– Imagine l'œil vide de ton meilleur ami dans l'agonie, ses os en miettes, quelques tremblements encore dans la queue et des gouttes de sang devant sa langue tristement pendante. Imagine aussi, avant, la très longue peur qui sera la sienne. Le ventre qui se tord et ses yeux, Nandeau, ses yeux qui te disent que tu es responsable...

— L'Avalombre est près de chez nous, lâcha Nandeau.

L'œil de Rubah se ferma. Ses lèvres se crispèrent. Tourkoul, lui, resta un instant stupéfait, puis son rire grinçant jaillit.

— Le puits ? Mais oui ! Quelle évidence ! Le puits !

— Relâchez Rubah, maintenant.

Tourkoul leva le renard jusqu'au niveau de son visage et cracha :

— Quelle pitié d'avoir un renard pour ami, alors que nous aurions pu tant faire ensemble, tous les deux, Nandeau !

Gondour mit le sac à ses pieds et sortit le briquet, sous le regard perplexe de Tourkoul.

La flammèche qui monta dans la paume de Gondour les hypnotisait tous les quatre.

Il posa le feu sur le sac de Nandeau, se leva et le tint à bout de bras au-dessus du gouffre noir. Les flammes s'étalaient sur le cuir en couleurs bleutées.

Aussitôt, les pupilles de Tourkoul s'agrandirent. Père et fils sentaient combien leur ennemi se forçait à garder son calme. Mais ses paupières clignaient. Des tics montaient au coin de sa bouche.

– Qu'as-tu dans ce sac ? demanda-t-il enfin. Une larme d'Avalombre ? Crois-tu me désespérer en la brûlant ?

– Non, répondit froidement Gondour, mais ces flammes mettront le feu à ta maison, où se trouvent *toutes* les larmes.

Les narines de Tourkoul palpitèrent. Une veine enfla sur son front.

– On t'appelle Gondour le fou, mais tu ne peux pas l'être au point de vous condamner tous les deux…

Le feu avait pris sur la moitié du sac.

– C'est fini, Tourkoul, dit Gondour d'une voix calme. Tu as tout perdu. Ton règne est terminé.

Alors, il jeta le sac, qui tomba comme une comète dans l'abîme. Nandeau profita de la stupéfaction de Tourkoul pour lui arracher Rubah des mains.

– Qu'as-tu fait ? demanda le petit homme dans un murmure. Qu'as-tu fait ?

Il se passa les mains sur le crâne, baissa la tête et émit un long gémissement qui se mua en cri de rage. Puis il se redressa d'un seul coup et se rua sur l'échelle, qu'il descendit précipitamment.

Nandeau dut attendre quelques secondes pour que ses yeux devinent, tout en bas, la forme de la maison.

Il y eut une lueur, un tremblement sur la toiture. Puis cela se propagea, mangeant rapidement la paille sèche du toit de chaume. Des langues jaunes montèrent vers eux.

Nandeau ne savait s'il devait se réjouir ou pleurer la destruction des larmes. Il se tourna vers son père, qui était couché, la tête vers l'extérieur du tronc géant.

– Vite, dit Gondour. Il y a un lierre. Espérons qu'il tiendra !

Nandeau attrapa Rubah et lui dit tout bas :

– Désolé, je sais que tu détestes ça, mais, cette fois, je n'ai pas d'autre choix que de te porter !

Le renard gronda et lui lança un regard furieux. Nandeau le mit en travers de ses épaules.

– Je passe le premier, dit son père en se laissant basculer.

Il attrapa le tronc velu du lierre et se servit des profondes rides du tronc pour placer ses pieds. Nandeau suivit, alors que Rubah lui murmurait à l'oreille :

– Tu m'as sauvé la vie, je t'en remercie, mais je t'en voudrai jusqu'à la fin de mes jours de m'avoir porté comme une vulgaire dinde.

– Ferme les yeux et ne regarde pas en bas, c'est ce qu'on dit dans ce genre de situation…

Les ramifications du lierre leur permirent d'assurer des prises sûres.

Les larmes des Avalombres

Nandeau repensa à sa descente le long de la paroi du bord du monde. Mais, cette fois, son père et Rubah étaient avec lui.

Le manque

Lorsqu'ils furent en bas, Nandeau posa Rubah et le détacha. Le renard bondit sur ses pattes et les lécha consciencieusement.

– L'Avalombre est-il vraiment au puits bleu, près de notre maison ? demanda Gondour.

Hochement de tête de Nandeau.

– Alors en route, dépêchons-nous.

Rubah partit en trottant.

Nandeau marchait derrière son père. Tous les deux avaient le regard vide, hanté. Ils savaient ce qu'ils étaient condamnés à devenir.

Se sacrifier pour que finisse le règne de Tourkoul parut soudain un prix trop lourd à payer à Nandeau. Un jour ou l'autre, le manque viendrait, et rien ne pourrait plus les apaiser. Ils mourraient dans d'atroces souffrances. Tourkoul, son père, lui-même… eux tous. Tourkoul l'avait séparé de Gondour. Leurs retrouvailles seraient éphémères, car elles avaient été d'emblée marquées du sceau du tragique.

Tous les trois savaient la route longue avant de retrouver Noune, avant d'être chez eux. Et, au bout du chemin, il n'y aurait pas de soulagement, pas de repos, seulement l'attente angoissée du manque et de leur mort certaine.

Soudain, quelque chose remua entre deux arbres, et Nandeau s'immobilisa, le cœur battant à ses tempes. Rubah, alerté lui aussi, se tourna et questionna Nandeau du regard.

– Un chevreuil, dit son père d'un ton las.

Alors qu'ils entraient sous le couvert des arbres où le lierre-ombilic les avait déposés, Nandeau se remémora le long voyage qu'ils avaient fait jusqu'à la terre morte. S'ils voulaient parvenir au matin près de leur maison où l'Avalombre avait dit se trouver, il leur faudrait marcher toute la nuit. Heureusement, Rubah avançait sans perdre le rythme. Nandeau et Gondour restaient donc concentrés sur la trajectoire de l'animal qui contournait les buissons de houx et d'aubépines, les taillis trop denses et les hauts massifs d'orties. Derrière lui, père et fils évitaient branches et pierres.

Un craquement effraya encore Nandeau, qui se raidit, mais son père ne ralentit pas. Des gouttes rouges

Le manque

perlèrent du sol, s'en détachèrent avec des bruits humides et montèrent devant le garçon en un rideau tremblant. Elles étaient accompagnées d'une odeur de pourriture. Saisi de stupeur, Nandeau ralentit et sinua pour ne pas les toucher. Son père et Rubah ne s'étaient aperçus de rien. Ils le distançaient rapidement. Cette fois, une goutte toucha la main de Nandeau et s'étala sur sa peau. Du sang ! Il accéléra pour rattraper son père, mais d'autres perles éclatèrent sur son visage et son corps. Couvert de sang, titubant, la bouche ouverte sur un cri silencieux, l'enfant mit la main sur l'épaule de son père, qui se tourna. Le visage effrayé de son fils muet le terrifia.

Nandeau leva ses mains. Mais le sang avait disparu. Son père le dévisageait :

– Qu'y a-t-il ?

Nandeau parvint à dire dans un souffle :

– J'avais… j'étais couvert de sang.

Gondour fit un sourire triste, le serra dans ses bras et posa la tête sur la sienne.

– Ce sont des visions. Il m'arrive aussi d'en avoir. Ne les crois pas. Viens là, passe devant moi.

Lorsqu'ils arrivèrent au pied des premières pierres dressées, Nandeau n'avait plus de souffle. Il marchait en traînant les pieds, bouche ouverte, yeux exorbités. Son père le poussait doucement pour l'encourager à avancer.

Ils passèrent les corridors étroits sans même lever la tête vers les cimes grises.

Une fois qu'ils furent sortis du labyrinthe de pierre, Nandeau se raidit : un petit oiseau, d'un jaune éblouissant, fonçait sur lui. Il tendit les mains en avant, mais l'oiseau le traversa de part en part. La douleur fut insupportable. Il n'y avait pourtant aucune plaie ! Il porta les mains à son ventre en grimaçant, tomba à genoux et appela son père.

Puis il s'affaissa lentement, se recroquevilla jusqu'à se coucher sur le côté, tremblant de tous ses membres. Lorsque Gondour et Rubah le rejoignirent, Nandeau avait perdu le monde. Il ne voyait plus, ne sentait plus, n'entendait plus. Le sol avait disparu sous lui et il flottait à présent dans un océan de souffrance qui l'emportait vers le large, loin des vivants. Quelque chose dans son ventre se tordait, grandissait, montait vers sa gorge en brûlant ses chairs, en dévorant ses os.

Gondour prit la tête de son fils sur ses genoux et lui caressa les cheveux.

Rubah flaira son ami en gémissant.

– Ça devait bien finir par arriver, dit Gondour au renard qui le questionnait du regard, l'oreille couchée.

L'enfant, les doigts crispés sur son estomac, claquait des dents et répétait :

– J'ai mal…

Le manque

Son père, visage vers le ciel, tentait en vain de contenir les larmes qui voulaient déborder de ses yeux. Rien ne pouvait calmer le terrible feu qui avait envahi le corps de Nandeau. Gondour se savait responsable du masque de supplice qui tordait les traits du visage de son fils.

Ils y étaient.

Alors Gondour se coucha aux côtés du garçon et dit à son oreille :

– Tu es en manque de larmes, Nandeau. Je sais combien c'est douloureux.

Mais l'enfant n'entendait pas. Les flots l'emportaient à une vitesse vertigineuse vers un puissant tourbillon noir où il entra en hurlant.

– Rubah ! Aide-moi !

Le renard posa sa tête sur son cœur, ferma ses yeux et murmura :

– Je suis là, mon ami. Partout et toujours.

Nandeau disparut dans sa souffrance. Le temps n'existait plus. Il tournait dans un vortex géant qui emportait le ciel, la terre et ses cris. Il lutta ainsi de longues heures, les yeux cherchant une lueur, une parole, un objet. Mais il plongeait toujours plus profond, toujours plus vite dans un désespoir infini. Jusqu'à ce que l'obscurité se saisisse de lui.

Le dernier regard

Lorsque il ouvrit les yeux, il faisait nuit. Il se leva sur un coude et regarda, hagard, autour de lui. Il n'avait plus mal, la crise était passée. Rubah dormait contre ses jambes, son père était allongé à côté de lui, les yeux fermés, la respiration profonde.

Un grand silence couvrait la forêt. Après un long moment, Nandeau réussit à se lever et se tint à un arbre, courbé comme un vieillard. Sa peau, ses muscles lui faisaient mal. Il sourit au sommeil de son père et de son ami, et s'éloigna sur la pointe des pieds. Inutile de leur faire courir de risques en les réveillant car, si Tourkoul n'avait pas péri dans les flammes pour sauver les larmes, il devait être en chemin. Lorsqu'il estima s'être assez écarté, il marcha à grands pas. Ses membres se réchauffèrent, les douleurs s'estompèrent. Il fallait arriver au plus vite près de l'Avalombre.

Plusieurs fois, il crut deviner une présence entre les arbres, mais il ne ralentit pas et parvint à calmer son cœur.

Le dernier regard

Pourtant, une sorte de malaise vague le prenait parfois. Comment survivrait-il à la prochaine crise ?

Il s'engagea dans un large vallon, accélérant toujours, au bord de l'asphyxie, pour lutter contre les centaines de questions qui affluaient comme une nuée d'étourneaux. Elles tournaient en boucles serrées, s'éloignant et revenant sans lui laisser de répit : Tourkoul était-il mort ? Où sa mère, Isaure, se trouvait-elle ? Qui était-elle ? Pensait-elle parfois à lui ?

Il passa le col alors qu'un petit vent soufflait. C'était un vent frais, agréable, qui portait des parfums de menthe, de sauge et de résine. Il s'engagea dans la descente sans reprendre son souffle. De part et d'autre du chemin, les flancs de la montagne étaient piqués de narcisses. Il y avait longtemps, des siècles peut-être, il avait passé des journées à faire des bouquets de ces fleurs odorantes pour Noune.

Dans la descente, le chemin se transformait en une ravine pierreuse. Nandeau glissa, emportant des pierres, se releva et se laissa aller dans son élan. L'aube montait : son père et Rubah se réveilleraient bientôt. Il imagina leur étonnement en se rendant compte de son absence, leurs yeux paniqués, puis leur précipitation pour le rejoindre. Rubah filerait comme une comète.

Au bas de la montagne, il longea une falaise et entra dans la forêt où la pluie s'était soudain abattue. La terre avait séché, il n'y avait plus trace de la tempête. Le soleil était une boule de feu éblouissante, coupée par les arbres.

Des branches fouettaient son visage fermé par la détermination. Le vent lavait ses doutes.

Des colonnes de moustiques descendaient et montaient dans les premiers ors du jour. Il retrouva le goulet sinueux entre les deux collines, puis les pierres où ils avaient rencontré le cerf. Mais il n'était plus là.

L'air était vert. Un voile de brume dentelée montait des mousses, dansait sur les troncs des arbres. La forêt respirait. Nandeau était trempé de sueur.

Il traversa la forêt de mélèzes aux jeunes aiguilles vert tendre. La lumière était immense. Malgré la lourdeur de ses jambes, qui l'empêchaient maintenant de courir, une grande sérénité envahit le garçon, et il laissa cette joie sans cause l'emporter.

Quand il aperçut la clairière du puits bleu, il s'arrêta et prit le temps d'écouter. Le vent était tombé, et une forte odeur de terre et de mousse montait du sol. Des gouttes tombaient des arbres avec des cliquètements doux. Et soudain, il entendit.

C'était un battement irrégulier, lent, sourd, profond. Un martèlement qui montait de la terre, dans ses jambes, dans les troncs des arbres. Le cœur de l'Avalombre.

Il entra dans la clairière et s'approcha du puits bleu.

Le dernier regard

– Je suis là, dit Nandeau. Je vous entends.

Personne ne répondit. Et soudain, une odeur bloqua les mots dans sa gorge : une odeur de brûlé. Ce fut une voix aigre et diabolique qui lui répondit :

– Moi aussi, je t'entends, mon garçon…

La gorge de Nandeau devint sèche. Sa tête se mit à bourdonner.

– Non !

Tourkoul sortit des buissons.

La moitié gauche de son visage était rougie. Le feu y avait fondu la peau. Un œil était fermé, la paupière soudée. Il n'avait plus de sourcils. De longues mèches de cheveux roussis pendaient de son crâne nu et noirci. Ses lèvres saignaient. Il montrait ses dents jaunâtres dans un rictus ignoble et regardait Nandeau d'un œil brûlant de haine. Il manquait de grandes plaques d'écailles à son armure.

Il tendit les mains, paumes ouvertes, vers Nandeau. La peau noire ressemblait à de l'écorce.

– Regarde un peu ce que tu m'as fait ! Vermine !

Tourkoul grimaça de douleur et dit cette fois d'une voix tranchante :

– Tu te souviens, mon garçon ? C'est l'endroit où nous nous sommes rencontrés. Il fallait que ça finisse ici, n'est-ce pas ? La boucle est bouclée.

Une lueur meurtrière s'alluma dans son regard, et sa voix se fit sourde :

– J'aurais dû te tuer. Dès la nuit de Grand Sang. Ou au moins les laisser s'en charger.

Sa bouche se tordit dans un sourire affreux. Toute la peau de son visage se tendit.

– Vous avez réussi votre coup, toi et ton père : vous nous avez tous condamnés à souffrir jusqu'à la fin de nos jours !

Il tendit un doigt calciné vers le garçon et ajouta tout bas :

– Mais réjouis-toi, car toi, tu souffriras moins que nous. Oui, c'est ici que je vais te donner la mort, comme à un chien. Sale petit traître, dire que j'ai cru en toi ! J'ai mis les seigneurs et les chevaliers à mes pieds, comment as-tu pu imaginer une seconde qu'un enfant comme toi pourrait me berner ? Tu es aussi fou que ton lamentable père !

Il s'approcha de Nandeau en chancelant. Le garçon mit le puits bleu entre eux et lui cracha au visage. Tourkoul ricana :

– Pas de chance, et plus d'amis. Et tu peux bien me cracher dessus, ça ne me tuera pas. Allons, finissons-en. Dis-moi où est l'Avalombre, je le tuerai vite. Il n'aura pas le temps de souffrir, lui non plus.

Il sortit un poignard de sous son manteau troué par le feu. La longue lame effilée était en os d'Avalombre.

– Je ne sais pas, dit Nandeau.

Le dernier regard

Tourkoul passa le tranchant sur son œil clos.

— Misérable. Je t'aurai au moins appris cela, dit-il : à mentir ! Mais tu n'es pas là par hasard, n'est-ce pas ?

Il allongea le cou, écouta un moment et murmura :

— Tu l'entends, n'est-ce pas ? Il te parle, à toi ?

Nandeau resta longtemps silencieux avant de hocher la tête. Tourkoul sourit.

— C'est merveilleux, n'est-ce pas ? Penser qu'un être pareil vous aide, vous a élu.

— Comment osez-vous... ? Est-ce que je dois vous rappeler que vous les avez tués, un à un ?

— Il faut faire des choix dans la vie, répondit Tourkoul, glacial.

— Je ne veux pas me battre avec vous.

Le rire de Tourkoul claqua comme un fouet.

— Oh ! moi non plus, n'aie crainte. Se *battre*, quelle laideur ! Je n'aime pas ça.

Il descendit le bras, lame pointée sur Nandeau, et dit d'une voix sourde :

— Je *mets à mort*.

Nandeau regarda rapidement autour de lui, saisit un bâton par terre et le leva.

— Une branche ? dit Tourkoul. Tu menaces ton maître avec une simple branche ? Tu resteras décidément stupide jusqu'à ton dernier souffle.

Nandeau ne parvenait pas à détacher son regard de l'arme. Tourkoul contourna le puits avec une vivacité stupéfiante. Ses lèvres retroussées laissaient apparaître ses dents, comme s'il allait se jeter au cou de Nandeau et le mordre. Il prit une profonde inspiration, poignard en l'air, prêt à frapper, mais une onde parcourut le sol et le fit chanceler. Il dut écarter les bras pour garder l'équilibre.

Le garçon sortit alors de son état de stupeur et abattit la branche de toutes ses forces sur le crâne de son ennemi. Le bois se brisa sous le coup. Tourkoul resta un moment hébété, visage tourné vers la terre. Nandeau attendit qu'il tombe, mais il releva doucement la tête et le fixa de son œil mauvais. Il souriait.

– Pauvre fou ! cracha-t-il.

Il s'avança vers Nandeau.

La deuxième secousse fut bien plus forte encore. L'enfant recula de quelques pas et tomba. La gourde roula à terre. Tourkoul, à son tour, perdit l'équilibre, fit un pas sur le côté, et son pied entra dans le puits bleu. Il battit des mains pour tenter de retrouver son équilibre, mais bascula dans le trou. Il écarta les bras juste à temps pour s'accrocher aux bords. Sa tête dépassait, ses doigts creusaient désespérément la terre. Il haletait. Ses yeux, pleins de terreur, fixaient désespérément le garçon.

Le dernier regard

Alors la voix de l'Avalombre retentit, forte, lourde, implacable. Chaque mot vibra dans le corps de Nandeau :

« Ne l'aide pas ! »

Tourkoul secoua la tête, l'eau lui entrait dans la bouche.

– Ta main ! cria-t-il.

Nandeau ne réagit pas.

– Ta main ! hurla Tourkoul. Donne-moi ta main ! Vite !

La troisième secousse fut si forte que Nandeau fut propulsé en arrière. La tête de Tourkoul plongea, seule une main s'accrochait encore..

Alors l'enfant se précipita au-dessus du puits bleu et observa son ennemi. Le visage sous l'eau, Tourkoul le regardait encore, alors que sa peau blêmissait. Il réfléchissait toujours au moyen de tuer. Soudain, il ouvrit la bouche tout grand et sortit sa langue comme un dard venimeux. Il la déroula plusieurs fois, comme si elle pouvait atteindre le cou du garçon, et il ouvrit les doigts. Enfin, il coula, sans cesser de fixer Nandeau, et ce dernier sut que ce regard le hanterait partout, et toujours.

L'enfant resta longtemps, le souffle coupé, à fixer le bleu profond où Tourkoul avait disparu.

Puis il s'agenouilla et posa le front sur la terre.

Lorsque son cœur se calma, il entendit de nouveau celui de l'Avalombre.

« Écarte-toi, Nandeau. Je vais me lever. »

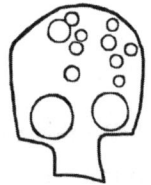

Le sang

Des arbres se penchèrent et chutèrent dans un vacarme assourdissant. Les branches explosaient en frappant le sol. Nandeau s'éloigna sans quitter le puits des yeux, car il se dressait devant lui sans que l'eau coule ! Quelque chose d'immense se levait. Couverte d'arbres et de buissons, une créature gigantesque se dressait. Elle atteignit la cime des plus hauts arbres restés debout. Des nuées d'oiseaux d'un bleu métallique l'entouraient.

Cela ressemblait à un ours phénoménal, dressé sur deux pattes larges et courtes.

Le puits bleu était son unique œil.

Des plaques d'humus se décrochèrent et s'écrasèrent au sol avec des bruits sourds. Des nuages de poussière et de feuilles tourbillonnèrent un moment avant de se poser.

L'Avalombre avait une large bouche, d'où sortit une voix pleine et chaude :

– Voilà bien des années que je ne m'étais pas tenu debout. Merci, Nandeau.

Après avoir récupéré de sa stupéfaction, Nandeau parvint à articuler tout bas :

– Où est Tourkoul ?

– Au fond de mon œil. Il ne peut plus nuire à personne, là où il se trouve. Enfin, la colère qu'il a fait naître en moi va pouvoir s'apaiser. Grâce à toi, je l'oublierai.

La créature ajouta après un temps :

– Tu as été courageux.

Nandeau prononça d'une voix sombre :

– Mais papa a détruit les larmes. Nous sommes tous condamnés.

Une patte titanesque se posa devant l'enfant. Au milieu de la paume se trouvait la gourde de Nandeau.

– Prends donc ceci et monte, dit l'Avalombre.

Alors qu'il avançait, la patte se leva, portant le garçon jusqu'à l'épaule de l'Avalombre.

– Creuse la terre sur mon épaule.

Nandeau fouilla l'humus jusqu'à trouver les écailles noires. Celles des armures.

– Passe ton doigt sous une écaille et retire-la, délicatement.

Le garçon souleva l'écaille et tira dessus. Elle se décrocha facilement.

Le sang

— Je croyais les armures beaucoup plus résistantes !

— Si je n'avais pas voulu qu'elle se décroche, tu aurais pu tirer de toutes tes forces sans qu'elle bouge.

L'écaille laissait à nu une peau noire, veloutée.

— Enfonce ton doigt, maintenant, et remplis ta gourde. Quand elle sera pleine, tu remettras l'écaille.

— Pourquoi ?

— Allons, as-tu déjà eu à te plaindre de ce que je t'avais dit de faire ?

Nandeau fixait intensément l'espace de peau découvert, sans oser faire le moindre geste. Il avait marché sur cette peau, il avait trempé ses pieds dans l'œil de l'Avalombre, mais percer la chair de cet être immense le plongeait dans un profond embarras. Il posa le doigt sur la peau sans oser appuyer.

— Et Tourkoul ? demanda-t-il, pour gagner un peu de temps. Pourquoi vous cherchait-il ?

— Il savait que je pouvais vous guérir tous. En me tuant, il vous aurait définitivement condamnés à vivre sous sa dépendance. Il a pensé t'utiliser pour vaincre définitivement, mais tu as été sa perte, et notre victoire.

Les yeux de Nandeau s'ouvrirent tout grand.

— Nous *guérir* ?

— Oui. C'est pour ça que tu vas percer ma peau. Dessous coule l'antidote au poison de nos larmes. Quelques gouttes suffiront à te guérir.

La tête de Nandeau bourdonnait.

— N'aie crainte, la plaie se refermera aussitôt l'écaille remise. Mais avant de remplir la gourde, bois, Nandeau, bois à mon sang.

Le doigt de l'enfant s'enfonça comme dans une boue chaude. Il le retira. Un liquide laiteux, noir sortit en un filet. Nandeau ferma les yeux, colla sa bouche et but. Le goût était fade. Il le sentit remplir son corps, en chercher toutes les veines, les laver. Il ouvrit les yeux et but encore.

Puis il remplit la gourde et remit l'écaille.

Dans son estomac, quelque chose bougea, puis se tordit violemment. Nandeau se redressa avec un hoquet de douleur. Cela se recroquevillait, se tendait dans des spasmes puissants. Le garçon porta les mains à son ventre et gémit. Il crut à une nouvelle crise.

— Non, pitié, non !

— Le mal te quitte, dit l'Avalombre, ne t'inquiète pas, tu en seras très bientôt débarrassé.

La douleur était telle qu'il ne sentit pas la main le poser sur le sol. Agenouillé, il se balançait d'avant en arrière, les yeux exorbités, les dents serrées. Il tentait de reprendre sa respiration. Pourtant, cette fois, le puissant tourbillon ne vint pas. Il voyait et entendait toujours.

Sa bouche s'ouvrit malgré lui et un fin serpent doré en sortit. Il s'enroulait furieusement sur le tapis de feuilles,

Le sang

devant les yeux stupéfaits du garçon. La douleur avait disparu.

Le reptile se contorsionnait en nœuds furieux. Il n'avait pas d'yeux, mais une longue bouche qui s'ouvrait et se fermait dans un claquement doux.

Savoir qu'il avait eu cette créature dans son ventre lui donna la nausée. Il se leva et l'écrasa avec le talon. Il s'acharna. Les convulsions cessèrent.

Nandeau inspira profondément. S'était-il un jour senti aussi bien ?

L'œil de l'Avalombre était sur lui. L'enfant ramassa la gourde et son sac à ses pieds.

– Délivre tous ceux que nos larmes ont empoisonnés.

– Merci.

La bouche immense de l'Avalombre esquissa un sourire.

– C'est moi qui te remercie. Désormais, je suis libre et débarrassé de la menace de Tourkoul.

– Et… où irez-vous ?

L'Avalombre resta longtemps silencieux. Son œil unique, immense se tourna vers le ciel.

– Nous nous reverrons, Nandeau. Car tout n'est pas fini.

– Est-ce que je vous entendrai encore, maintenant que je ne boirai plus de larmes ?

– Tu m'entendras et je continuerai à te parler là où je serai.

Il regarda l'Avalombre s'éloigner sans écraser un seul arbre, sans faire trembler la terre.

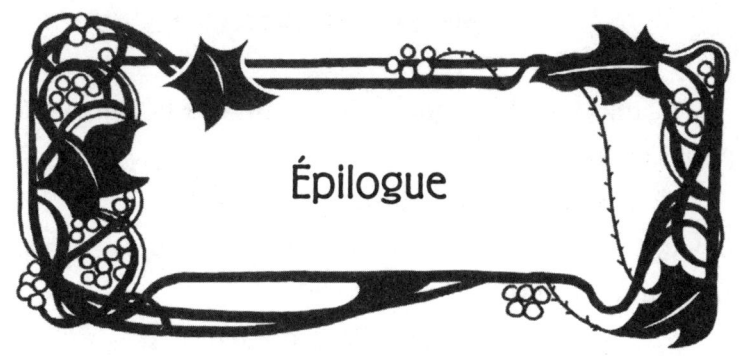

Épilogue

Rubah et Gondour arrivèrent en courant. Ce dernier regarda s'éloigner la forme titanesque, incrédule.

– Il était là, si près de nous !

Puis il dévisagea son fils et demanda :

– Et Tourkoul ?

– C'est terminé, l'Avalombre l'a englouti et emporté.

Gondour se retint de demander pourquoi il était parti sans eux. Il connaissait la réponse : il avait voulu affronter Tourkoul seul pour protéger ceux qu'il aimait. Nandeau devenait un homme.

Il s'agenouilla et murmura à l'oreille de Rubah :

– Tu comprends, n'est-ce pas ?

Le renard mit longtemps avant de hocher discrètement la tête. Son regard brillait d'un reproche. Il mettrait longtemps avant de pardonner à Nandeau de ne pas l'avoir réveillé.

Le garçon tendit la gourde à son père et hocha la tête pour l'encourager.

— Une gorgée suffira, dit-il.

Gondour hésita, mais la fermeté du regard de son fils l'encouragea à boire.

Alors, à son tour, il se tordit de douleur.

Le serpent qui sortit de sa bouche était encore bien plus grand que celui de l'enfant.

Noune dut se tenir au chambranle de la porte pour ne pas s'évanouir en les voyant arriver. Elle serra Nandeau à l'étouffer. Les larmes coulaient de ses yeux, qui ne quittaient plus Gondour.

Le lendemain, le père alla enterrer les restes du serpent avec son armure, dans un coin reculé de la forêt. Puis il se rendit, seul, au château avec la gourde pleine du précieux sang.

Les semaines qui suivirent, Nandeau vint souvent, accompagné de Rubah, s'allonger dans le trou qu'avait laissé l'Avalombre, les yeux plongés dans le bleu du ciel.

Les mélèzes peignaient la lumière jaune et chaude de l'été. Chaque jour, Rubah et Nandeau faisaient de

Épilogue

longues promenades, sans trouver nécessaire de se parler.

Le garçon remarqua rapidement qu'il entendait, voyait et sentait moins intensément que lorsqu'il était sous le pouvoir des larmes. Le sang de l'Avalombre l'avait soigné et lui avait rendu sa place de simple humain, qu'il retrouvait avec soulagement. Celle de fils le comblait de joie. C'était un bonheur de regarder son père couper de nouveau le bois avec de grands élans de bras.

Plusieurs fois, Nandeau encouragea Rubah à trouver une congénère pour fonder une famille, mais le renard répondait invariablement :

– Partout et toujours avec toi, mon ami. Tu sais que ça n'est pas fini. Nous nous reposons, voilà tout. Mais ne t'avise plus de partir où que ce soit sans me réveiller !

Noune chantait et sifflait, mais ses yeux suivaient Nandeau, où qu'il aille. Elle voyait chaque soir venir avec appréhension. Certaines nuits, les animaux s'approchaient de la grange et regardaient Gondour avec des yeux doux. Puis ils s'éloignaient dans les profondeurs de leur territoire, où le sang ne coulait plus.

Nandeau surprenait souvent le regard de son père sur lui. Il souriait, les yeux brillants. Parfois, c'étaient ses pas dans la chambre enténébrée, sa bouche sur son front et quelques mots murmurés.

Les larmes des Avalombres

L'enfant grandissait, mais il aimait toujours tenir la main de son père pour aller dans les bois ou aux champs.
Tous les deux tournaient souvent la tête vers le nord, là où, il y avait si longtemps, la nuit avait enlevé Gondour.

Du même auteur
aux éditions Magnard Jeunesse

Le Goût sucré de la peur
Lauréat du prix Chronos et du prix des lecteurs de Beyrouth.
Sélectionné au prix des Incorruptibles.

Des Vacances d'Apache
Lauréat des prix Dimoitou et Jacques Asklund.
Sélectionné au prix des Embouquineurs et au prix Livre mon ami.

Chez d'autres éditeurs

Mentir aux étoiles, Casterman
Jonas dans le ventre de la nuit, Thierry Magnier
Petit lapin rêve de gloire, avec Mylène Rigaudie, Casterman
Adélaïde ma petite sœur intrépide, avec Mylène Rigaudie, Casterman

www.magnardjeunesse.fr

Achevé d'imprimer en mai 2018
sur les presses de la Nouvelle Imprimerie Laballery
58500 Clamecy
Dépôt légal : juin 2018
N° d'impression : 805022
N° d'édition : 2017-1121

Imprimé en France

La Nouvelle Imprimerie Laballery est titulaire de la marque Imprim'Vert®